中公文庫

古典文学読本

三島由紀夫

中央公論新社

古典文学読本・目次

古典文学読本

日本の古典と私

考えてみると、私が日本の古典に親しんだ機縁は、それほどはっきりしたものではない。たとえば、円地文子さんのように、高名な国文学者である尊父の薫陶の下に、親しむべくして国文学に親しんだのではない。私の家は、内務官僚の祖父、農林官僚の父という具合に、情操の乾いた平凡な山の手の中流家庭であった。祖母が泉鏡花ファンで小説好きではあったが、一家をあげて日本古典に親しむような雰囲気はみじんもなく、また家風も半分ハイカラで、純日本風の奥ゆかしいところはそんなになかった。

私は一度も人に強いられて日本古典文学の勉強をしたことはない。むしろ私が古い日本語の美しさに目ざめたのは、中学一年生のころ祖母にはじめて歌舞伎へ連れて行かれ、同じころ母方の祖母に能見物に連れて行かれたところに発しているように思う。歌舞伎は「忠臣蔵」であり、能は「三輪」であった。そしてその二つともに私は直ちに魅了され、少しの退屈も感じないのみか、以後折あるごとに両祖母や母にねだって、劇場へ連れて行ってもらうようになった。

古い日本語がなめらかに耳からはいり、少年の感受性に「言葉の優雅」というものを強く刻印したのは、劇場と俳優の力であったと思う。しかし私が文学としての浄瑠璃や能に親しみはじめたのはずっとあとのことだ。

何か趣味的な擬古典主義というものが、私の中に育ってゆく素地が養われたのは、一つにはこういう劇場の力、一つには谷崎潤一郎氏の中期以後の作品の魅惑のおかげであった。谷崎氏の作品を通じ、またその「文章読本」を通じて、私は日本古典に対する好奇の目をひらかされて行ったのである。

私の少年期と戦争とは重なっているから、当時の日本主義が幾分私の国文学熱を高めたことは争えない。時代の影響もあり、また、つむじ曲りの性癖のためもあろうが、私は、高等学生の千篇一律の教養体系、西田幾多郎の「善の研究」、和辻哲郎の「風土」「倫理学」、阿部次郎の「三太郎の日記」などの必読書に縛られた知的コンフォーミティーがまんならなかった。現在にいたるまで私には根強い知識人嫌悪があるが、その根はおそらくこういう少年期のヘソ曲りに源しているにちがいない。

さて、独学で読みやすい近世文学などを読んでいるうちに、私は清水文雄先生という師を得て、先生の専門の「和泉式部日記」からはじめて、王朝文学の世界に親しむようになった。そのむずかしさが、なおのこと少年の知的虚栄心を挑発した。それから先生の属する同人雑誌「文芸文化」に寄稿を許されるようになったのはよいが、昭和十九年に出版された処女短編集「花ざかりの森」には、必ずしも国文学のよい影響ばかりが全幅的に出ているとはいいがたい。そこには老成ぶった少年の、趣味的な擬古典主義が色濃くあらわれているのである。

結局あとになってみると戦争中の少年期に私が親しんだ古典のうち、最も私に本質的な影響を与え、また最も私の本質と融合していたのは、能楽であると思う。戦時中の作品「中世」がそれであるし、戦後の「近代能楽集」や、小説「金閣寺」から「英霊の声」にいたるまで、能楽はたえず私の文学に底流してきた。能のもつメランコリー、その絢爛(けんらん)、その形式的完璧、その感情の節約は、私の考える芸術の理想を完備していた。

今でも時折、新刊書の堆積に飽きると、私は、西鶴、近松、あるいは「花伝書」、あるいは「葉隠」、あるいは馬琴というふうに、時代のわかちなく、古典を枕頭にそなえて読む。馬琴の「弓張月」は、私には、どんな現代小説よりも面白い。また「葉隠」は、私の人生の師として実に大切な本であるが、これについては一冊の本で詳述したので省略する。

三つ子の魂百まで、とはよくいったものである。二、三年前から書きはじめ、今書きつづけていて、おそらく四、五年後でなくては完成しない長編「豊饒の海」も、日本古典から想を得たものである。同じく少年時代の師である松尾聡先生が、戦時中から、散佚した王朝物語類の研究をされていたが、以前は完本のなかった「浜松中納言物語」を、現在のぞみ得る最上の形で注解し刊行されたのを読んで、私はひさびさに、王朝の物語の世界へ深く惹き込まれた。デカダンス期の作品であるから、古典的完璧には欠けるところがあるが、退屈な前半を凌ぐと、みごとなパセティックな後半部に到達する。その夢と転生の主題、そのかすかな疲れた風情のある文体、その衰えた佳人のような姿に魅せられて、私は、これを基にして、どうしても厖大な現代の「浜松中納言物語」を書いてみたい、という嗜欲にかられるにいたったのである。

I

わが古典――古典を読む人々へ

古典というと、万葉集、源氏物語、近松、西鶴というばかりが能ではあるまい。自分で読んで、自分の好みの古典を見つけるべきである。国文学者の常套的解釈などにたよって古典を評価しないこと。

私の好みからいうと、**古今集**が、まず面白い。古今集の美学は、本当の意味で古典的なものである。情感的でなく知的であり、均整美に集中され、新古今集のようなデカダンスがない。平安朝文学では、もう一つ、**大鏡**をあげておく。線の太い文体で、引きしまっていて、何度読んでも含蓄がある。

中世文学では文学としての**謡曲**。このアラベスク的文体の不思議に酔わない人は、日本語の音楽的美感につんぼの人である。

近世の浄瑠璃では、半二や出雲に隠れた名文がある。出雲の蘆屋道満大内鑑の道行の文章など、ファンタスチックな詩情にあふれたものである。

相聞歌の源流

日本の歴史で、と言ってわるければ、日本人の心の歴史で、最初の意想外な事件がおこったのはいつだろうか。

古事記をひろげてみよう。まず天地のはじめのとき、高天原(たかまがはら)に三柱の神があらわれた。それはみな独神(ひとりがみ)であって、身を隠された。さらに二柱の独神があらわれた。以上の五柱は別天神(ことあまつかみ)である。次に又、二柱の独神があらわれたあとで、五組の男女の神があらわれた。二柱と五組をあわせて、神世七代という。それから神々の命によって、以上の系譜のうちもっとも新らしい男女の神が、天(あめ)の浮橋から天の沼矛(ぬぼこ)をさし下ろして、「おのごろ」島をつくり、その島に下りて天の御柱(みはしら)を見立て八尋殿(やひろどの)を見立てた。

ここまでは何一つ意想外な事件はおこっていないのである。神話の世界では、背理と奇蹟は日常茶飯事だ。朝おきてなぜ「おはよう」と言うのかと訊ねても甲斐がないように、なぜ高天原から独神がうまれ男女の神があらわれ、なぜ天の沼矛で海の塩をかきまわしたら島ができたか、とたずねても意味のないことである。現代人はそれを凡て（すべ）生殖の比喩として理解する。天の沼矛とはもちろん、バッカスの祭に必要なあるもののことだと信じて疑わない。それはそれでよい。意想外の事件でないということがわかればそれでよい。だが古代人は、おそらくこういう背理を比喩だとして合理化することはなかったであろう。背理は背理のままで自然だったであろう。そうでなければ、なぜこういう天の沼矛その他の奇蹟が語られたあとで、その奇蹟と同じ内容である一行為を、男女の最初の交わりとして、露（あら）わに語っているのかわからなくなる。それはただ強調するために伏線を引くという近代的手法のみなもとではあるまい。神話の最初の一節として、ある異常な、非人間的な静けさが必要だったのである。どんな奇蹟もそこでは意想外でないような、真昼の静謐（せいひつ）が必要だったのである。そのためには聴き手の心にも、あらゆる奇蹟を奇蹟のまま、（比喩としてでなく）、何ら意想外なものを感じずにうけとる能力がなければならない。逆説めくが、天の沼矛は陽物の比喩ではないのである。現代人にはこの最初の二節を読む能力がなくなっているのかもしれない。

婚姻することなくあらわれては去った四代の男女神、天の浮橋からふしぎな過程で「おのごろ」島をつくりだした最新の男女神、これらの謎めいた序曲は、人間性へのまばゆい驚きへみちびいてゆく前提に他ならぬ。こうしたきわめて自然の背理をとおって、次節に記された人間性へのよろこばしい意外なおどろきに達する、そういう古式の読み方を、現代人はもう辿ることができないのであろう。

それはともあれ、かくして日本の国土の父なる神と母なる神とが、その最初の婚姻の儀式をとり行ったとき、一人の参会者もなく、もとより仲人もなく、婚姻の先例はどこにもなく、花婿と花嫁はなにからなにまで自分でかんがえ自分で発明しなければならなかった。しかし依然として意想外なことにはぶつからない。花婿花嫁は物語のなかの人物らしく都合よく行動する。男体女体のちがいに気がつくのも、まだ奇蹟の一種に他ならない。天の御柱をめぐる段取もそうである。二人はしかるべく行動している。二人はなおやすらかな背理の世界に住んでいる。ここまでは、「なぜそのお婆さんはそんなに長い長いお鼻をしているの?」ときかれて、「これはお話だからよ」

と答えてすませる世界である。

日本人の心の歴史で最初の意想外な事件がおこったのはそのあとだった。それは奇蹟ではなかった。奇蹟ならすでに意想外ではない。何かまちがいらしく見えるものだった。ともすれば妖神(ようしん)のいたずららしく思われるものだった。しかし妖神のいたずらというようなものではない。それは人間から来た最初の蹉跌(さてつ)であったのである。神の力がすこしもまじっていない最初の事件がおこったのである。人間がはじめてその「あやまち」によって神に与(あずか)ったのである。これを意想外と言わなくて何と言おう。

　神話はこの部分をこんな風に記述している。

「そこで伊邪那岐(いざなき)の命(みこと)は、『それなら貴女(あなた)と私とこの天之御柱をゆきめぐり、めぐり会ったその上で、みとのまぐわいをしようではあるまいか』と仰言(おっしゃ)った。貴女は右からおまわり、私は左からまわろう、と約束しておまわりになる時に、花嫁なる伊邪那(いざな)美(み)の命がまず、『あなにやしえをとこを』と言われ、そのあとで花婿なる伊邪那岐の命が、『あなにやしえをとめを』と言われたのち、花婿は花嫁にむかって、『女人(おみな)が先に言ったのはよくなかったね』と仰言った」

　そして人も知るように、最初の合歓からは水蛭子(ひるこ)という不具がうまれた。二神は天上に一旦かえって天つ神の命をうけ占いをする。すると「女が先に言ったのがよくなかった、又降りて、やりなおせ」と神示がある。二神は再び天の御柱をめぐりなおし、今度は男神から先に「あなにやしえをとめを」と言ったあとで夫婦の交わりがなされたために、次々と健やかな島々神々が生れたのであった。

少くともこの挿話は神話的にどんな意味があるのだろう。私は学説がそれをどう説いているかしらない。しかし古事記のどこを見ても、(それをよくなかったと神示がいうだけで)、このふとしたあやまちが神か魔神かのしわざであったとは書いてない。神がそれをとめることができたとも書いてない。神はただ暗に非難めいたものを人間になげかけるだけである。「やりなおせ」と言うだけだ。人間のこのあやまちの動機には何もふれていない。まるでそれにふれることを怖れてでもいるかのように。

神の間でもタブーがあったのかもしれない。人間らしいものの奥底にそのタブーがひそむのを神は見たにちがいない。天つ神たちは天上から、二人が柱をめぐりだすのを、じっと好奇の目をかがやかして見下ろしていたにちがいない。雲のふちに指をかけ、体をせり出し、あやうく落ちそうになったほど我をわすれて、はるか下方の花嫁花婿のういういしい歩みに見入っていたであろう。天つ神たちは地上なる二人がゆきあうときに花婿からまず「あなにやしえをとめを」と言い出すだろうことを疑わなかった。二人はめぐりあった。意想外にも！　最初の言葉は上気した花嫁の古代の桃のような唇からさきに洩れた。「あなにやしえをとこを」と。——何故こんなことになったのだろう。何故こんなありうべからざることが起ったのだろう。（とにかく「ありうべからざること」に人間性の最初のあらわれが見られたというこの神話は甚だ象徴的で且つ皮肉である）——天つ神たちは一方ならず動揺したにちがいない。信仰というものがあったとすれば、その信仰が深い地鳴りを伴ってゆれ出すのを感じたにちがいない。しかし彼らがおぼえたのは愕（おどろ）きや憤りばかりではけっしてなかった。彼らは畏怖を感じた。人間が人間のままで神に与ったこのへんな瞬間に対する故しれぬ畏怖を。人間がこれからも永遠にこんな妙な方法で瞬時に神に与ってしまうことをくりかえすであろうという畏怖を。——それは天つ神たちにむずかゆいような痛みを与えたであろう。彼らはこの得体のしれぬ胸の痛みをもてあましたであろう。人間が繁殖しつづけるかぎり神の胸からとり去られることのないこの痛みを。

神はいくたびか、おそらくは数千回・数万回も、このそこはかとない痛みの復活に出会わねばならなかった。地上で相聞の交わされるたびごとに出会わねばならなかった。
その最初の機会であったところの「人間から来た最初の蹉跌」に、日本の詩歌のひめやかな源流を見ることは不当だろうか。相聞歌の発祥を見ることはあやまりだろうか。「あなにやしえをとこを」「あなにやしえをとめを」という至上の呼び交わしが、偶々人間から来た最初のあやまちであったというこの神話ほど、相聞の世界の妙諦に触れ、その世界の豊饒と溢美を暗示し、その世界の悲劇を隈なく物語っているものがあるだろうか。数千年にわたって相聞歌が人々の心にもたらした不安・おののき・よろこび・悲哀・苦悩のことごとくは、この一瞬の不吉で美しい呼び交わしから流れて来ていはしないだろうか。

相聞歌は永久に同じモチーフのくりかえしである。鶯が鶯をよぶのである。夜の薔薇のしげみのなかで、一ト声愛らしく、二羽の小鳥がよびかわすのである。この最初の発声が過ちであったとは、何という例えようのない美しさだろう。

いざなみの命・日本の最初の花嫁は、倫理も思想も悲哀さえも知らなかった。彼女はただ神のまにまに自在に行動しうる筈であった。そういう少女の口からほとばしった意想外な喜びの呼び声が、天地の秩序をかえるほどの力をもっていたことは想像にかたくない。神話によれば、花婿にはいくらか思想に似たものがあったように記されている。事後になって、「女人を言先だちてふさはず」と愚痴をこぼしたのは、花婿のほうであったからである。しかしその花婿にしてからが、「あなにやしえをとこを」という呼び声に接したとき、一語もさしはさまずに、「あなにやしえをとめを」と即座に呼びかえした。この呼び交わしは一つの言葉のようであった。片々でとぎれることはできなかった。第一の言葉がおわるかおわらぬかに、谺よりもはやく、第二の言葉がつづけられたのである。丁度西洋中世の古拙な絵画中の人物が口からその発した言葉のしるされている白い帯を放射しているように、二人はたちまち二人のあいだの空間に、左右から迫持になった美しい言葉の穹窿を築いた。その刹那から、言葉はもはや二人だけのものではなく、世界のものとなった。その時から二人は言葉を失って、ただ顔を見合わせているほかはなかったのだ。なるほど花嫁の目にうつっている花婿は、ただ一人のますらお、ただ一人の美しい男性であり、花婿が目のあたり見ている新妻は、この世にただ一人の美しい女性であったであろう。しかし無残にも、二人は人間の真率な歌い交わしをはじめたあとでは、もはや天上の曇りない至福の生活から別れねばならなかった。あたかもその証しのように、二人の合歓のゆくてには、人間の最初の非運、「不具の子を生むこと」が待ちかまえていたのである。その後の歴史にかずしれずくりかえされた相聞歌のやりとりで、これに似なかったものが一つでもあったろうか。この人間に作りうるもっともうつくしいものである魂の呼びあう歌が、うたわれると同時に失われるのを人々は見なかったろうか。人間同志、愛する者同志がこんなにはげしく呼び合ってはならないらしい。そんな風にして呼び合うのは何か不吉なことにちがいない。神の胸にそれほどしげしげと痛みを与えてはならなかった。この美しい最初のあやまちに人間は人間最初の「不具の児」を賭けさせられたが、それ以後、相聞歌のために払われた多くの精神のいけにえはますます数をましますます人の肩に重くのしかかった。人は相聞のためにおそろしい代価を払わねばならなかった。ある限りの不幸を予知せねばならなかった。この単純な使い古されたモチーフを歌い交わす、唯その事のために。

相聞歌は人間が突端に立つときのもっともはげしい危機の歌となったのである。そのあとでかならず二人は言葉を失い顔見合わせ、二人の最美の刹那が二人の顔のうえにもえつき、一握の黒い灰を残して消え去るのを見たのである。それでもなおこりずまに、男女は呼び合わねばならなかった。

古今集と新古今集

一　私的序説

私がこの前「古今集」について書いたのは、戦争中のことであって、それから二十何年間、ついぞ「古今集」や「新古今集」について書いたことがなく、又その機会もなかったというのは、ふしぎな感じがする。戦後間もなくマチネ・ポエティックの連中が「新古今集」について書いたことがある。それもたちまち忘れられてしまった。というのは、そもそも肝腎の読者や批評家の教養のうちに、「古今集」や「新古今集」が存在していないのであるから、壁に向って物を言うのと同じ結果にしかならなかったのである。

このごろ私は、二十何年前のあの当時、「古今集」や「新古今集」は、私にとって何であったか、と考えてみることがある。それは、何よりもコントラストの魅力だった。行動の時代の只中にいて文学に携わろうとする少年が、「言葉」とは何か、ということを考えるときには、まず言葉の明証として立ち現われたのである。「力をも入れずして天地を動かし」……そうだ。それこそは福音だった。天地を動かしたいとは思うが、行動の適性を与えられていなかった少年にとっては。

最近、村松剛氏が浅野晃氏の「天と海」を論ずる文章を書くに当って、私にこう問うたことがある。大東亜戦争末期についに神風が吹かなかったということ、情念が天を動かしえなかったということは、詩にとって大きな問題だが、そういう考えの根源はどこにあるのだろうか、と。

私は直ちに答えて言った。それは古今集の紀貫之の序の「力をも入れずして天地を動かし」だ、と。

私は直ちに答えた。どうして直ちに答えることができたのか。ここに私と古今集との二十年以上の結縁があるのだと思う。

二十年の歳月は、私に直ちにそう答えさせたほどに、行動の理念と詩の理念を縫合させていたのだった。もし当時を綿密にふり返ってみれば、私は決してそうは答えなかっただろう。なぜなら古今集序のその一句は、少年の私の中では、行動の世界に対する明白な対抗原理として捕えられていたはずであり、特攻隊の攻撃によって神風が吹くであろうという翹望と、「力をも入れずして天地を動かし」という宣言とは、正に反対のものを意味していたはずだからである。正確に想起すれば、十七、八歳の私の中で、「力をも入れずして天地を動かし」という一句は、ただちに明月記の「紅旗征戎は吾事に非ず」という一句につながっていたのである。

ではなぜ、このような縫合が行われ、正反対のものが一つの観念に融合し、ああして私の口から自明の即答が出て来たのであろう。

いうまでもなく、それは、ついに神風が吹かなかったからである。人間の至純の魂が、およそ人間として考えられるかぎりの至上の行動の精華を示したのにもかかわらず、神風は吹かなかったからである。

それなら、行動と言葉とは、ついに同じことだったのではないか。力をつくして天地が動かせなかったのなら、天地を動かすという比喩的表現の究極的形式としては、「力をも入れずして天地を動かし」という詩の宣言のほうが、むしろその源泉をなしているのではないか。

このときから私の心の中で、特攻隊は一篇の詩と化した。それはもっとも清冽な詩ではあるが、行動ではなくて言葉になったのだ。

——私が今ふたたび、古今集を繙こうとする必要があるとすれば、それはいかなる必要だろうか。

私はこの二十年間、文学からいろんなものを一つ一つそぎ落して、今は、言葉だけしか信じられない境界へ来たような心地がしている。言葉だけしか信じられなくなった私が、世間の目からは逆に、いよいよ政治的に過激化したように見られているのは面白い皮肉である。

それはそれとして、戦後の一時期は、言葉の有効性が信じられ、その文学理論に基づいた文学が栄えたが、これこそ最も反古今集的風潮であったといえる。「力をも入れずして天地を動かし」の、戦時中における反対概念は、言葉なき行動の昂揚であったが、戦後における反対概念は、言葉そのものの有効性の信仰であった。

何故なら、古今集序の一句は、言葉の有効性には何ら関わらない別次元の志を述べていたからである。もし詩の言葉が、天地を動かす代りに、人心を動かして社会変革に寄与するように働くならば、古今集が抱擁している詩的宇宙の秩序は崩壊するの他はない。

「鬼神をもあはれと思はせ」る詩的感動は、古今集においては、言語による秩序形成のヴァイタルな力として働くであろうが、それは同時に、詩的秩序をあらゆる有効性から切り離す作用である。古今集の古典主義と、公理を定立しようとする主知的性格はすべてそこにかかっている。

詩的感動と有効性とが相反するものとして提示された古今集に親しんだのち、私はすでに古今集のとりこになっていたのであろう。戦後の一時期に、私は一度も古今集を繙かなかったが、それはすでに私の心の中で、「詩学」の位置を占めていたからである。

今、私は、自分の帰ってゆくところは古今集しかないような気がしている。その「みやび」の裡（うち）に、文学固有のもっとも無力なものを要素とした力があり、私が言葉を信じるとは、ふたたび古今集を信じることであり、「力をも入れずして天地を動かし」、以て詩的な神風の到来を信じることなのであろう。

二　古今集

古今集の世界は、われわれがいわゆる「現実」に接触しないように注意ぶかく構成された世界である。プレシオジテがつねに現実とわれわれとの間を遮断する。それは日本におけるロココ的世界であり、情念の一つ一つが絹で包まれているのである。文化の爛熟とは、文化がこれに所属する個々人の感情に滲透し、感情を規制するにいたることなのだ。そして、このような規制を成立たせる力は、優雅の見地に立った仮借ない批評である。貫之の序が、一見のどかな文体を採用しているように見えながら、苛酷な批評による芸術的宣言を意味していることからも、これは明らかである。

僧正遍昭は、歌のさまは得たれども、誠すくなし。たとへば絵に描ける女を見て、徒に心を動かすが如し。

在原業平は、その心余りて言葉足らず。しぼめる花の色なくて、にほひ残れるが如し。

文屋康秀は、言葉たくみにて其のさま身に負はず。言はば、商人のよき衣着たらむが如し。

字治山の僧喜撰は、言葉かすかにして、始終たしかならず。言はば、秋の月を見るに暁の雲にあへるが如し。詠める歌多く聞えねば、これかれ通はしてよく知らず。

小野小町は、古の衣通姫の流なり。あはれなるやうにて強からず。言はばよき女のなやめる所あるに似たり。強からぬは女の歌なればなるべし。

大伴黒主は、そのさま賤し。言はば薪を負へる山人の花の蔭に休めるが如し。


これでは六歌仙もさんざんだが、この批評を現代の言葉に直せば、僧正遍昭は、形式的完成によってシンセリティーを逸し、在原業平は、浪曼派的未完成であり、文屋康秀は、技巧に流れて気品を欠き、喜撰は構成力に難点があり、小野小町はあまりに女性的で迫力を欠き、大伴黒主は文品卑し、というところであろう。

これらのマイナス点を悉くプラスに転ずれば、貫之の芸術的理想が描き出されるわけで、歌は、「形式的完成、気品、構成力、強さ、そして感情の真実」を悉く備えていなければならない。しかしこれらの諸要素は、お互いに排斥し合うことが多く、又、貫之の樹(た)てた古典的理想に到達するには、おのずからその内に、調和をこわさぬ程度の反対要素を含んでいなければならないのである。第一、形式的完成と感情の真実とは、いつも背反しがちなものであるが、その融合点を求めることは、相反するものにそれぞれの十全の力を与えて、火を氷で包むような難事を遂行することである。

古今集は「人のこころ」を三十一文字(みそひともじ)でとらえるために、言葉というものを純然たる形式として考え、感情というものを内容として考えた整然たる体系を夢みていた。これが「新古今集」との明らかな較差であって、近代詩派がむしろ新古今集に親しみを感じるのは、言葉自体のこの純形式的意欲がそこでは一種の象徴言語に席を譲り、象徴において言葉と感情は融合しているからである。

古今集ほど、詩の複合的な情緒(シュティムンク)を欠いた歌集はめずらしい。アット・ランダムに、巻五の次のような一首を引こう。

草もきも色かはれどもわたつうみの浪の花にぞ秋なかりける

そこでは言葉は、意味内容を解析して伝え、知的理解を要求するようにしか使われていず、一定のシュティムンクをかもしだすようには用いられていないのである。しかも、歌の内容をなすべき感情の真実は、一見、ほとんど皆無のように見える。

古今集における四季の歌に、貫之のいう「誠」を求めるのは至難の企てであるように思われる。しかし「目に見えぬ鬼神をもあはれと思はせ」る歌の「誠」とは、古今集では、近代人の考えるようなあからさまな誠実ではないのである。

これは、四季歌と恋歌の、一篇ずつを読み比べてみればわかる。右の一首に対比して、恋歌の、

秋なれば山とよむまでなくしかに我おとらめやひとりぬる夜は

を読めば、その異同は明瞭であろう。恋歌では、秋の自然、自然の変容、自然の発する嗟嘆(さたん)の声は、すべて恋の暗喩なのであって、感情の真実は恋のほうにある。しかし、四季の歌では、抒景のほうに感情の「誠」があって、作者の主観は介入の余地がない。自然の変容、あるいは変らぬ浪の花、のほうに真実が提示されていて、それは論理的に納得される他はないものであるから、歌の構造はますます理智的になるのである。新古今集の幽玄体における主情的自然観との、もっともあきらかな相違がここにある。

古今集が定立した公理によれば、「紅葉は竜田」と詠むべきであって、歌枕の濫用は避けられ、「わたつうみ」もどこの海辺の風景かわからない。そして一首の機巧は、もっともうつろいやすい「花」が、浪の花となれば、もっとも不変な、季節に左右されぬ「花」になる、というアイロニーにあることは明らかである。その世界には、草と木と海と浪と秋があればよい。そして、一個一個の名詞は、普遍化と抽象化によって、これを鑑賞する人のいかなる主観にも代替可能のものであらねばならない。草と木と海と浪と秋とは、人々の観念のなかで思いうかべられる季節の形象の最低限のものであり、それ以上のものを享受者に要求しないことが、詩的礼節と考えられたのであろう。

なぜなら、それだけが観念に正確さを与え、イメージのふくらみによる誤謬を避けうる方法だからである。貫之がその序の中で、あれほど人麿を称揚しながら、古今集の選歌がこれほど、反人麿的なものになったのは、彼が人麿的な歌にひそむ詩的自由の危険を察知したからであろう。たとえば人麿の羇旅の歌、

珠藻刈る敏馬を過ぎて夏草の野島の崎に舟近づきぬ

の一首をよめば、読者は特殊な地名への想像力をかき立てられ、そのイメージはもはや不正確になることをおそれずに、人麿の舟旅に従ってゆき、藻を刈るけしきや岬にしげる夏草や、海のまばゆい反映までもありありと目に映してしまう。

想像力の放恣が不正確に陥り、一定の言葉にこめられた意味内容が無限にひろがり、芸術的効果が（いかに美しくとも）何か不確定なものに依存することになるのを、古今集の四季の歌は厳密に避けていた。一定の効果への集中度によって、混沌が整理され、整頓された自然ははじめて人間的なものになるのであり、抒景歌の「感情の真実」はそこにしかない、と考えるときに、すでにわれわれは古今集の「詩学」の裡にいるのである。

実はこの秩序の観念こそ、「みやび」の本質なのであった。草木も王土のうちにあって帝徳に浴し、感覚の放恣に委ねられたいかなる美的幻想的デフォルマシオンをも免かれて、一定の位置（位階）を授けられ、梅ですら官位を賜わり、自然は隈なく擬人化されて、それ自体のきわめて静かな植物的な存在感情を持つようになり、そのような存在感情を持つにいたった自然だけが、古今集の世界では許容されるのであれば、四季歌における「誠」はどこに存するか明白であろう。それは草木の誠であり、草木は王土に茂り、歌に歌われることによって、「みやび」に参与するのである。

古今集における「誠」とは、デモーニッシュな破壊的な力を意味しなかった。秩序においで演ずる一定の役割に「真実」を限定することこそ、やがて詩語と詩的宇宙を形成する必須の条件であり、言葉はそこではじめて「形式の威厳」を獲得する。近代に閑却されてきた四季歌についてさえ、それが言えるとすれば、近代的理解にやや訴える恋歌にいたっては、これ以上の分析は不要であろう。

三　新古今集

今まで私は、古今集についてばかり語ってきた。

それというのも、正岡子規以後、

「貫之は下手な歌よみにて古今集はくだらぬ集に有之候（これあり）」（再び歌よみに与ふる書）

というマニフェストが、近代文化人の頭にしみ込みすぎているからである。

又、私は、新古今集の美学に謡曲の詞藻（しそう）を通じてむしろ深く親しんだのであるが、新古今集自体は、美学上の究極形態であるとは考えることができないからである。

　古今集は何といっても極端だ。論理的にも一貫しており、古今集の「みやび」が何を意味しているか、私にもわかるような気がする。すなわち、この世のもっとも非力で優雅で美しいものの力、という点にすべてが集中しており、その非力が精巧に体系化されている点に、「みやび」の本質を見ることができるからである。又、元の話に戻るが、そのような究極の無力の力というものを護(まも)るためならば、そのような脆(もろ)い絶対の美を護るためならば、もののふが命を捨てる行動も当然であり、そこに私も命を賭けることができるような気がする。現代における私の不平不満は、どこにもそのような「究極の脆い優雅」が存立しないということに尽きる。

　この点で私の考えは保田與重郎氏の「後鳥羽院」と一線を劃する。「日本武尊(やまとたけるのみこと)が最初に発見された神と人との間の悲劇の詩心は、この院に於て歴史の英雄の悲劇として浄化された」という氏の後鳥羽院観は、私の新古今集観とどうしても合わない。私にとって、文と武は相容れない対極的な概念であり、それ故にこそ文武両道が大切なのであるから、水練や流鏑(やぶさめ)を催おされた後鳥羽院の御志は、「みやび」に於てはまた、究極の言語的秩序（古今集がその典型）につながっていなければならぬはずであり、そのために院は俊成・西行の幽玄を一つの典型として重んじられたのだと思われるが、院の悲劇は、その雄渾な政治的理想が北条氏によって破られ、その壮美な芸術的理想が藤原定家によって裏切られた、というところにあるのではないか。私の新古今観は、あくまで定家の新古今集であり、しかもそのマニエリスムの美学は、むしろ後代に於て、能楽の詞章として、もっとも適した器を見出したという考えであり、新古今集自体は、世にも美しい歌集ながら、畢竟、折衷主義の産物だと考える者である。

しかし、近代の象徴詩派がしばしば嘆息したように、新古今集は、古今集の持たぬ恍惚と魅惑を放っている。その中心が定家の有心体であることはいうまでもあるまい。

古今集にあっては、「みやび」に統括されていた古典主義的な美学は、新古今集にあっては一歌人の個性に発したわがままな理論体系になり、古今集において普遍性のために犠牲に供されたシュティムンクは、新古今集においては、意味のニュアンスの複合、聯想作用によるイメージの複合、言語の論理的つながりを無視することによる情調的複合、および本歌取による「芸術の芸術」的複合……という風な、さまざまな複合形式の下に活かされている。

定家はその本歌取にさえ法則を立てた。すなわち「詠歌之大概」によれば、本歌取

のゆるされる許容範囲は、
㈠　二句之上三四字免レ之。
㈡　四季の歌の本歌を以て恋歌や雑歌を詠ずる如きジャンルの故意の転換の場合。
㈢　「郭公(ほととぎす)なくやさ月」等の、すでに成語となつた句を用ひる場合。
㈣　主ある句、すなはち「月やあらぬ春やむかし」などは、二句といへども用ひてはならぬ。
㈤　本歌は七、八十年前までのものは取つてはならぬ。それ以上古いものならよい。
と定められた。

又、「毎月抄(まいげつしょう)」によれば、

「げにいかにおそろしき物なれども、哥(うた)によみつれば、優にききなさるるたぐひぞ侍(はべ)る」

という反古今集的な、浪曼主義芸術理論が語られ、

「常に人の秀逸の躰と心得て侍るは、無文なる哥のさは〱と読みて、心をくれたけあるのみ申しならひて侍る、それは不覚の事にて候」

と、平淡美の過重評価が戒められている。すでに意味するところは明瞭である。

こころみに定家の本歌取の歌を、本歌と併せて対照してみれば、新古今集の歌風がいかなるものかが窺われよう。

○本歌——古今集巻十四

さむしろに衣かたしき今宵もや我を待つらむ宇治の橋姫

○定家の歌——新古今集巻四

さむしろや待つ夜の秋の風ふけて月をかたしく宇治の橋姫

前者は情景も明白なら、文意も明瞭である。語序は論理的であり、効果は集中的である。

これに比べると後者は、すべてがいかに纏綿していることであろう。

第一に、本歌のほうは「我」の見地から見られているが、定家の歌では、橋姫の心に入りこんでいる。

第二に、本歌のほうでは、一首全体から作意が泛び上るように作られているが、定家の歌では、「月をかたしく」という言語表現に発明があって、詩のシュティムンクはそこに漂っているのである。

ここでは非本質的なものが本質的なものを駆逐し、特殊が普遍を追い出している。

しかし、歌のかもし出す複合的効果の繊細さは、前者を凌駕（りょうが）しており、「月をかたしく」というときに、いうにいわれぬ官能美を漂わせるのである。前にも言ったように、「月をかたしく」という如き表現は、能楽の詞藻として用いられるときに、イメージのひろがりと、詩的官能性を大いに援（たす）けるであろう。何故なら、舞台の上で能役者が横たわるときに、そこには人間の肉体の一定の動作が示されるだけであるが、「月をかたしく」という言語表現の助力によって、その動作には、月かげに透いたかのような女体の匂いが加わるであろう。定家の歌は、あたかも後代の能楽を予想したかのような、こうした演劇的にして官能的なものを含んでいる。

まず「さむしろや」という提示そのものが、古今集の「さむしろに」という単なる指示とはことなって、切り離された「うら寒い筵（むしろ）」という物象をくっきりと目に見せる。「や」で区切られるので、われわれは、はじめ、そのような荒涼たる物象の前に歩を止めさせられる。ついで、「待つ夜の秋の風ふけて」という表現で、「ふける」のは夜と秋と風と三つの複合であることが暗示される。そのあいまいな錯雑した語序は、単なる叙景ではなくて、まるで小さな雪崩（なだれ）のように、情感と情景と時の移りとを一気に投げ落すのである。このような、いくつかの詩的条件を、一緒くたに提示する芸術的効果は、この世界の確乎たる論理的イメージを破壊してしまうところにある。

さて「月をかたしく」である。「月」と「独り寝」とは、ここでみごとに結合されて、複合的情調をかもし出す。しかしそれは決して明瞭な視覚を狙ったものではない。遊女の寝姿は、寂寥(せきりょう)のなかに月光に溶け入り、そのほのかな肉は月かげに透き、その待ちあぐねた官能は、月によって、ひえびえと晶化しているのである。

象徴詩としての新古今集の特徴は、このように、「色と響は交(かた)みに呼び合ふ」近代的詩風に連続していることである。そこにはいつもかすかなデカダンスが匂っている。そこでは、完全な、理想的な、隅々まで明晰な、論理的世界はすでに破壊されて、廃墟になっている。新古今集の各々の歌は、一首一首がこのような複雑に凝結した世界を成していて、古今集のように、各首が相携えて、歌集全体の秩序に参加するようにはできていない。しかし、一首一首は妖しいほどの光彩を放つフラグメントであり、われわれはもはや全体としての世界と詩的宇宙を見捨てても、しばしばこの艶(あで)やかな断片に耽溺(たんでき)するという誘惑に打ち克(か)つことができないのである。


——昭和四十二年一月一日——

存在しないものの美学──「新古今集」珍解

たとえば定家の一首、

み渡せば花ももみぢもなかりけり浦の苫屋(とまや)の秋の夕ぐれ

の歌は何でもいゝっていゝるかと考えるのに「なかりけり」であるところの花や紅葉(もみじ)のおかげでもいゝっていゝるとしか考えようがない。これを上の句と下の句の対照の美だと考えるのは浅墓な解釈だろう。むしろどちらが重点かといえば上の句である。「花ももみぢもなかりけり」というのは純粋に言語の魔法であって、現実の風景にはまさに荒涼たる灰色しかないのに、言語は存在しないものの表象にすらやはり存在を前提とするから、この荒涼たるべき歌に、否応なしに絢爛(けんらん)たる花や紅葉が出現してしまうのである。新古今集の醍醐味（だいごみ）がかかる言語のイロニイにあることを、定家ほどよく体現していた歌人はあるまい。万葉集の枕詞（まくらことば）の燦爛（さんらん）たる観念聯合（れんごう）と、ちょっと似ているようで、正に正反対なのが新古今集である。ここには喪失が荘厳（しょうごん）され、喪失が純粋言語の力によってのみ蘇生せしめられ、回復される。

同じ定家の、

　駒とめて袖打ちはらふかげもなしさののわたりの雪の夕暮

も同じ美学の別のヴァリアシォン。

　帰るさの物とや人の詠（なが）むらん待つ夜ながらの有明の月

の一首では、喪失が逆の形であらわれて、空しい期待と希望、つまり何事も獲得しない状態が、言語の魔術をよびおこす。ここでも定家の手法は妙にシンメトリカルである。シンメトリカルであるけれども、それにとらわれてはならない。

ここには二ヶの月がある。二ヶの有明の月である。一方の月は、「待つ夜ながら」に眺められている。もう一方の月は「帰るさ」に眺められている。前者の月は現実の月のようであり、後者の月は空想上観念上仮定上の月のように思われる。しかし、実は後者の月こそ現実の月であって、前者の月は、正に目の前に見えてはいるが、ありうべからざる異様な怪奇な月であり、信じようにも信じることのできぬ怖ろしい月、正にそれ故に、歌に歌われねばならない月なのである。なぜならその月は喪失の歴然たる証拠物件として出現しているからだ。

定家はどうしても月を、有明の月を、ここまで持って来なければ承知しない。そうしなければ、言語表現の切実な要求に到達しないからである。そこまで来なければ、言語の純粋な能力が働き出さないのだ。

その上、この歌は、気味のわるい二重構造を持っている。これはこうも読まれる筈だ。「きぬぎぬの別れののちに、帰るさの人たちが、いかにも身にふさわしいものとして、この有明の月を眺めていることであろう。事後の疲労と、虚しさと、世界の空白に直面した思いで、人々はこの白っぽい月をながめるのだ。そこへ行くと私は幸福だ。何もせずに、絶望も虚無感もなしに、ただ充実した待つことの感情のまま、この月を眺めることができるのだからなあ」

新古今風の代表的な叙景歌二首。

夕月夜潮みちくらし難波江(なにはえ)のあしの若葉をこゆるしらなみ（藤原秀能）

霞立つすゑの松山ほのぼのと浪にはなるるよこ雲の空（藤原家隆）

これは二首とも、自然の事物の定かならぬ動きをとらえたサイレント・フィルムだ。しかしこんなに人工的に精密に模様化された風景は、実はわれわれの内部の心象風景と大してちがいのないものになる。新古今の叙景歌には、風景という「物」は何もない。確乎とした手にふれる対象は何もない。言語は必ず、対象を滅却させるように、外部世界を融解させるように「現実」を腐蝕するようにしか働かないのである。それなら、心理や感情がよく描かれているかというと、そんなものを描くことは目的の外にあったし、そんなものの科学的に正確な叙述などには詩の使命はなかった。それなら、これらの叙景歌はどこに位置するか。それは人間の内部世界と外部世界の堺目のところに、あやうく浮遊し漂っているというほかはない。それは心象を映す鏡としての風景であり、風景を映す鏡としての心象ではあるけれど、何ら風景自体、心象自体ではないのである。それならそういう異様に冷たい美的構図の本質は何だろうかと云えば、言葉でしかない。但し、抽象能力も捨て、肉感的な叫びも捨てたその言葉、これらの純粋言語の中には、人間の魂の一等明晰な形式があらわれていると、彼らは信じていたにちがいない。

清少納言「枕草子」

音楽——（ラモオやクープランなどのフランス古典音楽）

清少納言は「枕草子」について、その最後の章でこんな風に書いています。

あるとき内大臣の伊周が中宮様に草子をさし上げられたことがあって、そのとき中宮様は私に、「これに何を書いたらよかろうね。帝は史記を書き写されるそうだけれど」と仰言ったので、私は「枕にこそは侍らめ」とお答えしたところが、「じゃ、お前に上げよう」とその草子を私に賜わった。そこでそれ以来私は、宮仕えのあいまに里に下ったとき、つれづれなるままに、自分が目にしたこと、心に思ったことなどをこの草子に書きつけてきた。

つまり「枕草子」は、こういう動機から、こういう心持で書き集められたものであります。
　気随、気儘な随筆集でありますから、宮廷生活を描いたかなり長い文章があるかと思えば、物の名を列挙したただ一行の短いものもあり、長短さまざまの二百段あまりの文章からなっていて、内容も同様、「春は曙」「五月四日の夕つかた」などの京都を中心とした四季の情趣に関するものから、「集は古万葉」とか「木の花は」「虫は」というような自然現象や物事から選択を行ったもの、又、「美しきもの」「心ときめきするもの」「したりがほなるもの」といった、清少納言の心に映じた物事に彼女の感覚と批評のふるいをかけてその印象を再編成したいわゆる「ものは尽し」、更に人事や自然についての一般的な感想、宮廷生活記録、日記、紀行にいたるまで、秩序もシステムもつくらず、区々まちまちに集められているのであります。そしてこれの冒頭にありますのが、最初の二三行くらいは誰でもが諳んじているほど有名な「春は曙」であります。

　春は曙。やう〳〵しろくなりゆく山ぎは、少しあかりて、紫だちたる雲の細くたなびきたる。夏はよる。月の頃は更なり。闇もなほ、蛍の多くとびちがひたる。又唯一つ二つなど、ほのかに打ち光りて行くもをかし。雨など降るさへをかし。秋は夕ぐれ。夕日のさして、山のはいと近うなりたるに、烏（からす）の寝どころへ行くとて、三つ四つ二つ三つなど、飛びいそぐさへあはれなり。まいて雁（かり）などの連ねたるが、いと小さく見ゆるは、いとをかし。日入りはてて、風のおと虫のねなど、いとあはれなり。冬はつとめて。雪のふりたる、いふべきにもあらず。霜のいと白きも、またさらでもいと寒きに、火などいそぎおこして、炭もて渡るも、いとつき〴〵し。昼になりて、ぬるくゆるびもて行けば、火桶（ひをけ）の火も、白き炭がちになりてわろし。

これは日本の自然の美しさ、四季の情趣を結晶させて間然するところのない名文章でありますが、この文章が今私たちが使っている原稿用紙の一枚にも満たない短かさであることに、あらためて私は驚ろきます。自然の美しさや四季の情趣に対して清少納言が繊細な感受性と細やかな観察の眼を働かしていたからであることは言うまでもありませんが、何にもまして讃（ほ）めたいのは、感じ観察した多くのことから、この日本の四季の変化の美しさを最も鋭く結晶するために行った彼女の選択の見事さでありま す。この選択によって人生の、あるいは人間心理のある瞬間を断ちきって、そこに

「をかし」と感じる彼女の批評精神が、高い美の感覚と結びついて材料を選択し組み立てているのが、古今独歩の清少納言の世界と言えるのであります。この彼女の特質を最も透明に発揮したものとしてはやはりさきに言いました「ものは尽し」でありまして、その最もすぐれた例として、第三十九段の「あてなるもの」（つまり「最も高貴なるもの」をえらんだ段）を読んでみましょう。

あてなるもの、薄色に白がさねの汗衫（かざみ）。かりのこ。削氷（けづりひ）に甘葛（あまづら）入れて、新しきかなまりに入れたる。すいさうの数珠（ずず）。藤の花。梅の花に雪のふりかかりたる。いみじううつくしきちごの苺（いちご）などくひたる。

「枕草子」が書かれたのは、大体十世紀末ごろ、清少納言が一条天皇の中宮定子（ていし）に仕えた三十歳前後のことと思われます。当時は、藤原氏の全盛時代、平安朝文化の爛（らん）熟期（じゅくき）であり、紫式部をはじめとして、和泉式部、赤染衛門、などの才女が宮廷においてそれぞれ秀抜な才能を競っていた頃であります。この才士佳人の群がる中にあって、彼女は中宮の庇護を得て、宮仕えの十年間、知性と感受性と学識に恵まれて、才気の煥発に終始した誇りかな日を送ったようです。

清少納言は歌人清原元輔の娘で、清少納言というのも清原氏の女という意味での宮廷における女房の呼名であります。

彼女が宮中に仕えたのはもう二十七八歳にもなってからのようです。こういった才女にありがちの、自我の強い、自尊心の強いひとだったらしいことは、「枕草子」からも十分窺（うかが）えます。例えば第七十一段の「かへる年の二月（きさらぎ）」で、当時一流の才人で美貌の中将斉信（ただのぶ）の言い寄りを拒絶する件（くだ）りがありますが、彼女には並の男が馬鹿に見えて仕方がなかったのでありましょう。

大体清少納言の伝記は明らかには判らないのですが、関白道長の世となって中宮も逝（な）くなり、それにつれて清少納言も宮中を退（ひ）いたようであります。その後のことは全く判りません。

ただ宮中生活の花やかさとは打って変って、孤独な悲境の晩年だったと伝えられているのであります。

雨月物語について

戦争中どこへ行くにも持ちあるいていた本は、冨山房百科文庫の「上田秋成全集」であった。座右の書のみならず、歩右の書でもあった。今ではそれは多少身辺から遠ざかった。戦後の座右の書は求龍堂版の「ドラクロアの日記」である。ドラクロアの日記は私を鼓舞する。無力からたえず私を救い上げ、居たたまれない焦躁をとりしずめる。私を叱咤し、偉大なものからともすると背こうとする私の目を再び引戻し、仕事に対する絶対の信頼を訓え、不屈の魂の在り方をたえず示唆してくれるのはこの本である。何度私はその同じ頁をくりかえしくりかえし読んでは鞭打たれることか。

「元気よくお前の絵を再び始めよ。ダンテを思え、たえずそれを反読せよ。高貴なる空想に再び没頭するよう自分で鞭韃せよ。もし自分が、賤しい想像しか持たないようなら、こんな風な、殆ど隠遁に近いものから、果して如何なる成果を自分は引出すであろうか？」とある数行あとに、「それじゃ自分は木履のようにみじめな人間なのかな。熊手で打たれなければ動かない。刺戟物が無ければ、すぐに眠ってしまう」という一行が卒然とつづくような真の人間性の顕現は限りなく私を力づける。この日記は紛れもない私の師である。

上田秋成全集も、当時の私にとってはこのような本であった。そして就中、雨月物語の裏面に流れる劇しい反時代的精神と美の非感性的な追求とが、あのころの私を内面から支える力として役立ったように思われる。

高座の海軍工廠で私は疎開工場の穴掘り作業に使役されていた。台湾人の十二三の少年工たちが私の子分である。恐るべき子供たちに私は雨月のわかりやすい物語を話してきかせた。掘りかえされた生々しい赤土の上、わずかな樹影をおとす松の根方に陣取って、私が砕いて話す雨月のいくつかの怪異譚が、この異邦の子供たちにどんな影響を与えたか知る由もない。私は話しかける人間がいないので、誰にともなく雨月を語りかけていたのに相違ない。それほど雨月は、当時の私のたえざる独白、夢中のうわ言のような親身なものになりかわった。雨月の非情なまでの美の秩序は、私にとってのかけがえのない支えであった。

上田秋成は日本のヴィリエ・ド・リラダンと言ってもよい。苛烈な諷刺精神、ほとんど狂熱的な反抗精神、暗黒の理想主義、傲岸な美的秩序。加うるに絶望的な人間蔑視が、一方では「未来のイヴ」となり、一方では稀代の妖怪譚となって結実した。ロボットと妖怪。これは共に人間を愛そうとして愛しえない地獄に陥ちた孤独な作家の、復讐的な創造なのである。リラダンは作中で、この比類ない創造、失われた精神の代位とも称すべき無機質の美の具現を、海中の深淵に投ぜざるを得なかったし、秋成もまた、幾多の貴重な草稿を、狂気のようになって古井戸の中へ投げ入れざるを得なかったのである。二人ともに、己れの生涯を賭けた創造の虚しさを知っていた。

私はのちにむしろ雨月以後の「春雨物語」を愛するようになったが、そこには秋成の、堪えぬいたあとの凝視のような空洞が、不気味に、しかし森厳に定着されているのである。こんな絶望の産物を、私は世界の文学にもざらには見ない。

五歳の時悪性の痘瘡によって左手を不具にされ、六歳の時養母に死別して継母の手に育てられ、晩年は眼病のために失明し、妻に先立たれ、世間からは狂人と呼ばれ、七十六歳で窮死したこの不幸な文人は、国学者としては本居一派のオルソドックスに徹底的に反抗し、おのれの学殖にふさわしい名誉をも得なかった。十九世紀の実証主義へのリラダンの挑戦を、日本的規模で行ったものとも言えようか。

初期の秋成は、西鶴的な作家であった。八文字屋本系統の気質物「諸道聴耳世間猿」と「世間妾形気」で、当時の風俗小説の一ジャンルに根ざしながら、人間の本来的悲惨の諷刺に到達して西鶴の域に迫った。西鶴に発した気質物の小説は、日本に於ける人性批評家の文学として、徒然草の伝統を継承するものである。しかしそれはともすると末流の、批評精神を喪失した単なる風俗小説に顚落した。

秋成は一見微笑を含んだ方法でこの小説手法を踏襲しながらも、明晰な批評精神の復活によって、西鶴を復活せしめたのである。彼はこの批評と諷刺を、次いで象徴の領域にまで高めた。社会諷刺は次元を高めて、作品の存在そのものの抗議の形をとって、人間性へ対置されるにいたった。美学が明白な批評性を、又いわば、批評が明白な美学的性格を帯びるにいたった。モラリストと美学者との結婚が企てられたのである。これは西鶴が樹立した近世的小説への一種のアンチテーゼとなった。ルネサンス的な企図を帯びて古典的な小説の伝統に連なった。なぜなら、日本の古典的な小説の伝統は、源氏物語以来いつもこの二つのものの結婚を要件としてきたからである。

これらの成果がわが「雨月物語」であった。私はわけても「白峯」と「夢応の鯉魚」を愛した。これに次いで「菊花の約」と「仏法僧」を愛した。完璧な傑作「白峯」は、魔道に落ちた上皇の苦悩をえがき「夢応の鯉魚」は人間の羈絆を脱して鯉に化した僧の目に映る絶美の自然をえがいている。この二つの物語の美しさは、人間の信義のために幽魂が援用される「菊花の約」の及ぶところではない。鯉身の僧侶の目に映る琵琶湖の風光は、秋成の企てた究極の詩なのである。

不思議のあまりに、おのが身をかへり見れば、いつのまに鱗金光を備へて、ひとつの鯉魚と化しぬ。あやしとも思はで、尾を振り鰭を動かして、心のままに逍遥す。まづ長等の山おろし、立ちゐる浪に身をのせて、志賀の大曲の汀に遊べば、かち人の裳のすそ湿すゆきかひに驚されき。比良の高山影うつる深き水底に潜くとすれど、かくれ堅田の漁火によるぞうつゝなき。ぬば玉の夜中の潟にやどる月は、鏡の山の峯に清みて、八十の湊の八十隈もなくておもしろ。沖津島山、竹生島、波にうつろふ朱の垣こそおどろかるれ。さしも伊吹の山風に、旦妻船も漕出づれば、葦間の夢をさまされ、矢橋の渡する人の水なれ棹をのがれては、瀬田の橋守にいくそたびか追れぬ。

この鯉魚の目には孤独で狂おしい作家の目が憑いていはすまいか。湖の水にその網膜の狂熱を冷やされて、一瞬の夢幻の偸安を許された魂がありのままに見た自然が展開するのである。魂の安息日が、この鯉の見た湖水のなかに息づいているではないか。羈束をのがれた一個の生命が、深く透明な存在の奥底を、やすらかな愉楽をこめて覗き見る眼差が目に見えるようではないか。

作品の解説はともかくとして、私が雨月物語に搏たれたもう一つのものは、その非感性的な美の追求、ひいてはまたその追求の意識性であった。観念派の作家馬琴が、雨月に驚嘆したと伝えられるのは偶然ならぬ挿話である。秋成は感性の法則にやすやすと身を委ねた作家ではなかった。怪異小説はいつも感性に対する逆説である。なぜならそれが読者の感性を征服する使命をもつために、作品自体が作者の感性を征服しつくしている必要があるからである。作品が極度に感性に愬えることを要するために、作品の形成は無限に感性から遠いものとならねばならぬ。

かくて秋成は非感性的な美の追求に到達し、雅文脈に漢語を交えた無感動な彫刻的文体を創造した。それは源氏の尖鋭（せんえい）ではあるが情感的な文体とはことなって、中世文学（殊に謡曲）のロココ的文体を通過した冷たい非感性的な文体なのである。この文体の完全な人工性は、ポオの文体の効果に接近する。しかし秋成が形式上の方面からポオに比せられても、それ以外の方面でもポオに比せられることは適当でない。怪異の効果は秋成にとっては、ポオよりもさらに、一種の抗議（プロテスト）としての意味が強かったと私には考えられるからである。

　さればこそ春雨物語が、あのおそるべき不満と鬱屈の書が、雨月のあとから生み出された、というよりは、吐き出されたのであった。それは「樊噲（はんかい）」の一種爽快な、白壁に打ちつけた墨痕のような「悪」のめざましい表示を伴なって、今日なおわれわれの前にあるのである。

――一九四九、六、二――

能——その心に学ぶ

この写真は極度に美しい。

人の心を惹き込むような、これほど美しい写真というものを、私はほとんど見たことがない。

その感動はどこから来るのだろうか？

現実の苔寺の池に、忽然として、わが歴史の永遠の女性が出現した、という、奇跡的な印象を与えるからだ。

中世の能楽にあらわれた理想の女性像は、鎌倉以前の過去の世の、半ば幻と化した永遠の美女の姿である。

その美は、生身の俳優の顔では、決して表現することができぬ。

写真＝渡辺浩明

仮面のみが、人々のあこがれと夢を最大限に充たし、人々の想像力を好むがままにそそり立てるのだ。

また、それは、つねに恋し、つねに悩み、つねに嘆く、美しい高貴な女性の姿である。

若い女性の多くは、能楽を、退屈に感じて見たがらない。そして、日本でしか、日本人しか、真に味わうことのできぬ美的体験を自ら捨てているのだ。

もし能舞台の約束や形式を離れて、この幻の美しい永遠の女性像を、この写真のように、現代の現実の景色の中へあてはめてみるとき、その美しさにあなたは慄然とするだろう。

そしてあなた方自身もまた、いかに多くの、いつわりの美に取り囲まれて生きているかを知るだろう。

変質した優雅

さきごろ久々に観世銕之丞の「大原御幸」を見て、いろいろ感ずるところがあった。この能の梗概は説明するまでもあるまいが、平家滅亡の直後、自らのみ波の間から救われて、思いがけず命を永らえ、大原の寂光院に世を捨てておられる女院を、父法皇が訪れ給う話である。

そして法皇は、娘に向ってこう言うのだ。

「先つ頃或人の申せしは、女院は六道の有様正に御覧じけるとかや。仏菩薩の位ならでは見給ふ事なきに不審にこそ候へ」

六道とは、衆生がその業によって、おもむき往く処を六種にわけて、地獄、餓鬼、畜生、修羅、人間、天上を云い、又、六趣とも云う。つまり法皇は、

「あなたは地獄と天国をすべて見てしまったそうだが……」

と言っているわけだが、ここではなかんずく地獄に重点があって、

「あなたは地獄をすでに見てしまったそうだが……」

と言ったようなものである。

ところで、じっとうつむいて父法皇のこの言葉を受けている女院は、風にもえたえぬあえかな女性、嬋娟(せんけん)たる高貴な美女である。彼女は父法皇から、今ズバリと、

「お前は地獄を見た女だそうだが……」

と言われたのだ。この瞬間の舞台の効果は、いたく残酷なものであった。

彼女のほのかな姿は、いかにも地獄のイメージにふさわしくない。どんな汚れにもふさわしくない。もちろん彼女は、身を汚したわけではない。何か、見るべからざる忌わしいものを見てしまっただけだ。しかし単に目で見ただけでも、それが彼女にふさわしい体験でなかったことは確かなのである。

父法皇によって、女院はこのとき、自分の現存在の怖ろしい形を言い当てられた。その体験が彼女を変容させて、何かこの世ならぬものにしてしまったことを彼女は感じている。だからそれを単刀直入に質問することは、父でなくてはできない非礼であ

る。世間ではただ、「あれは地獄を見てしまった女だ」と蔭口を言っているだけなのだ。

生れつきの優雅な女が、流血とか断末魔の叫び声とか苦悩に引きつった表情とか、ましてや、屍体とかその腐敗とかをまざまざと見てしまったということは、いかにも不自然なことであった。そして一つの最高の文化の優雅の化身が、人間の血と死と腐敗の実相に直面したこと以上に、劇的な事件があるだろうか。女院はかくて、壇之浦の戦というものの、おそるべき劇的本質の象徴となるのである。

能は、いつも劇の終ったところからはじまる、と私はかねて考えていた。この考えは今も変らない。「大原御幸」では、この世の最高の劇はすでに終り、もっともふさわしからぬその目撃者が残っていて、その口から過去の劇が語られるのである。

能がはじまるとき、そこに存在するのは、地獄を見たことによって変質した優雅である。芸術というものは特にこのようなものに興味を持つ。芸術家は狐のように、この特殊な餌を嗅ぎ当てて接近する。それは芸術の本質的な悪趣味であり、イロニイなのだ。

女院は、自分が優雅を代表していたにもかかわらず、心ならずも、今や自分の見た忌わしいものを代表して生存している。自分が正確にはどちらに属しているのか、彼女にはわからない。肉体はなお優雅の形をとどめているのに、それにはすでに屍臭がしみついている。

このとき女院は、表現者の立場にいるのではない。彼女は体験が表現を蝕(むしば)み、表現が体験を蝕む、パッシヴな窮状に身を置いている。というのは、体験は屍体公示所(モルグ)の体験であり、彼女の知っている表現は優雅の表現だけだからである。

一つの文化が、最高の洗煉によって、純粋表現の極致にいたるときに、そこには表現から見捨てられたものが山と堆積する。かつてルイ王朝のような文化は、このような文化であった。エリザ朝の文化はこれとは範疇(はんちゅう)を異にして、秤(はかり)の一方にたえず野性を置いている。

そして人間の怖るべき実相は、文化の飽くなき形式意慾から離れて、表現されざるものとして、沈澱し堆積するが、いつかは必ず、この表現から見捨てられたものが復讐して、洗煉の極致に達した文化の蒼(あお)ざめた顔に、自分の屍臭に充ちた血みどろの顔を、グイと押しつけるのである。壇之浦の戦とは、こういう文化が人間的実相に直面する宿命の表現だった。そのとき文化はもう息もできない。そして突如として、貴婦人が隠亡の知識に親しむのである。

さて「大原御幸」の序段は、表現の困難のうちに低迷している。

「なかなかになほ妄執の閻浮の世を、忘れもやらで憂き名をまた漏らせば漏るる涙の色、袖の気色もつつましや」

この「漏らせば漏るる涙の色」の鋏之丞の謡が、今もありありと耳に残るほどすばらしかったが、私は今能評をやろうとしているのではない。

法皇がそんな心境の女院に向って、

「仏菩薩の位ならでは見給ふ事なきに……」

云々と言うのは、殊更重要である。

法皇は、こうした表現の困難に対して、表現の別の可能性を暗示しているように思われる。法皇はこう言っているのである。

「このような文化と死との激突の場面は、超越的な見地からは、冷静に見ることもできようが、身自らその戦いの渦中にあって、相対的な存在として、どうしてそれを『見る』ことができたのか？　あなたはたしかにただ強いられて、目に映るままに見たのか？　ひょっとするとあなたは、後代の文化のため、記憶による叙述のため、稀有の表現のために、『見る意志』を以て見たのではないのか？」

女院はついには、その戦いの酸鼻な有様を語りだす羽目になるのであるが、そのとき女院は、超越者として、仏菩薩として、宗教の力を借りて、表現の能力を恢復する。宗教は、文化にも、死にも、同等の注視をそそぎ、ぎりぎりのところで、優雅と人間の実相を並存させる力として現われる。

これが芸術における宗教的救済の出現する地点である。それは、「見る意志」を支える最後の力である。

私は何も行きあたりばったりに能の話をはじめたわけではない。たまたま「大原御幸」を見て、そのような怖ろしい劇を成立たせた文化の一時代の様相を、現代と比べてみるという、月並な考察に誘われたからである。

優雅と、血みどろな人間の実相と、宗教と、この三つのものが、「大原御幸」の劇を成立させており、かつ文化の究極のドラマ形態を形づくっている。この一つが欠ければ、他の二つも無用になるという具合に。

ところで、現代はいかなる時代かというのに、優雅は影も形もない。それから、血みどろな人間の実相は、時たま起る酸鼻な事件を除いては、一般の目から隠されている。病気や死は、病院や葬儀屋の手で、手際よく片附けられる。宗教にいたっては、息もたえだえである。……芸術のドラマは、三者の完全な欠如によって、煙のように消えてしまう。

こうした芸術の成立の困難は、女院が味わったような困難とはちがう。女院が、変質した優雅をもてあまして、表現と体験の板ばさみになってしまったような事情とはちがう。むしろ、現代の問題は、芸術の成立の困難にはなくて、そのふしぎな容易さにあることは、周知のとおりである。

それは軽っぽい抒情やエロティシズムが優雅にとって代わり、人間の死と腐敗の実相は、赤い血のりをふんだんに使ったインチキの残酷さでごまかされ、さらに宗教の代りに似非（えせ）論理の未来信仰があり、という具合に、三者の代理の贋物（にせもの）が、対立し激突するどころか、仲好く手をつなぐにいたる状況である。

そこでは、この贋物の三者のうち、少くとも二者の野合によって、いとも容易に、表現らしきもの、芸術らしきもの、文学らしきものが生み出される。かくてわれわれは、かくも多くのまがいものの氾濫に、悩まされることになったのである。

「道成寺」私見

「道成寺」は幽玄の理想からやや距離があるためか、能ではあまり尊貴化されていない曲のように見えるが、今、演者に要求される技術の至難を別としても、一つの演劇芸術として、私はこんなにもみごとに構成的且つ独創的な作品を数多く知らないのである。

戯曲にとっては、序開きにおける主題の提示と展開が成否を決するのだが、「道成寺」では、まず、目に見える明瞭な巨大な主題が、舞台の天井に堂々と吊られる。それがすなわち鐘である。この能の主題は一にも二にも鐘であって、すべては単純で力強い主題に集中しており、しかも鐘は、煩悩と解脱を二つながら象徴している。観客はまず、否応なしに、主題を頭に叩き込まれ、それに対する心理的集中を準備させられるのである。

それから、能の定式を破って、物語は後段にワキによって簡略に語られるのみであり、間狂言もドラマタイズされ、……すなわち、観客が劇の内容を知悉するまでに、劇の主要部分は大方すでに進行しつくして、あとには、執念の鬼の出現だけが残されているのである。「道成寺」の見せ場は、どこの誰とも知れぬ妖しい白拍子が鐘に飛び込むまでの件りで、そこまでのシテを描く章句に、一切心理的なものがないところは徹底している。文学的表現が極度に切り詰められているので（事実、前ジテがこれほど短い文章でしか語られない能は稀であろう）、一つ一つのさして意味のない語句が、強力な呪術的効果を発揮する。いや、発揮するように、演出が一切仕組まれている。「道成寺」の所演を見るたびに、すでに暗記している「月は程なく入汐の」とか、「花の外には松ばかり」とか、「道成の卿、承り、はじめて伽藍、たちばなの」とか、無意味な装飾的な詩句が、一句一句、えもいわれぬ暗澹たる情念と絢爛たる外景とのないまぜになった詩句として感じられるのはそのためであり、これらの、いかにも故意に他事を斥すかのような自然描写が、すべて実は、ただ一点の、重い胸苦しい鐘に集中しているという恐怖感をもたらすのである。

再説するが、舞台のあらゆる大道具小道具のうちで、この鐘ほど、不断に観客の情念に圧迫を加え、危機感をたえず醸成する道具は、かつて発明されたことがあるまい。これあればこそ、あの乱拍子が無限の効果を発揮するのである。

私は長い乱拍子ほど好きだ。短縮された乱拍子には、いつも裏切られた思いがする。乱拍子は、劇のサスペンスそのものの純粋表現であってサスペンスが芸術上の至上の表現に達したものである。もともとは中世の延年の乱拍子を模したものであろうが、すぐあとに鐘入りを控えているのであるから、あらゆる演劇的想像力を、いやでも掻き立てるようにできている。笛が時々アシライを吹くだけで、小鼓のみで囃す乱拍子では、舞台の上には異様な緊迫感が漂い、小鼓方の手の働きと、シテの白い足袋の爪先とが、見えない糸でつながれたように音楽と踊る人体が、一つの神秘な光線で貫ぬかれたように思われる。三十分間ちかい乱拍子は、それ自体が一個のドラマであって、私は名人による「道成寺」を見るたびに、この苦難にみちた件りが永遠につづいてくれないかという願望に責められる。それは観客のふしぎな心理であって、極度の不安の持続をねがう心と、極度の歓喜の持続をねがう心とが、一つになったものなのである。そのときわれわれは多分鐘をもとろかす美女の執念に、完全に感情移入をしているのであろう。

葉隠二題

勇気あることば

人間一生は誠に纔(わづか)の事なり。好いた事をして暮すべきなり　(「葉隠」)

これは山本常朝(じょうちょう)語録「葉隠」の巻の二にあることばで、これに引きつづいて常朝は「夢の間の世の中に、すかぬ事許(ばか)りして苦を見て暮すは愚なることなり。此の事は、悪しく聞いては害になる事故、若き衆などへ終に語らぬ奥の手なり。我は寝る事が好きなり。今の境界相応に、弥(いよいよ)禁足して、寝て暮すべしと思ふなり」といっている。「葉隠」といえば「武士道といふことは、即ち死ぬ事と見附けたり」という有名な一句しか知らぬ人は、こんな正反対の文句があることにおどろくにちがいない。しかし「葉隠」はファナティックな書物ではなくて、人間の生きるエネルギーの賛美と、周到な人生智にあふれた本なのである。

克己は、葉隠ではほとんど強調されない徳性である。強く、忠烈で、情熱的であれば、克己を要せずして、矢はまっすぐに飛び、みごとに的を射貫く。決して弱音を吐かぬというのは克己とはちがう。意地であっても、見栄であってさえも、よいのである。少なくとも弱音を吐き、弱く見えるよりもよいのである。

そういう行動倫理は、いつもすばやい、目にもとまらぬ速さの決断にかかっている。「喰はうか喰ふまいかと思ふ物は、喰はぬがよし。死なうか死ぬまいかと思ふ時は死ぬがよろし」（巻の一）——常朝は決して、ぜひ喰いたいと思う物を喰うな、といっているのではない。ぜひ生きたいと思うのに死ね、といっているのではない。この倫理の根底にあるものは、人間は、多くの場合、真の欲求を知らない不決断の状態にあるという認識である。そして決断は、それを「真の欲求」と化するのである。

そう考えれば、冒頭の「好いた事をして暮すべきなり」という意味もわかってくる。そのあとで、常朝は「寝る事が好きだ」などとトボけているけれど、右の一句が「奥の手」であることを、一方では洩らしている。「好いた事」の中には、明らかに「死ぬ事」もはいっているのである。そこをつかまえないで、何でも放埒三昧をしてよいという訓えである、と若い人が誤解しないように、気をつかっているわけだ。「葉隠」の背景には、元禄時代の「今時の若者、女風に成りたがるなり」という泰平の世があった。その中で書かれた「葉隠」自体が勇気ある書であるが、わけてもっとも誤解を招きやすいこの一句が「勇気あることば」と呼ぶにふさわしいと思ったから、これを選んだ。

美しい殺人者のための聖書

私にとっては、「生きる」ということは「葉隠」をお手本にすることであった。ところが「葉隠」は、戦争中、死ぬことを教える本だと思われていた。しかし、一冊の本が多くの青年を死の道へみちびいた、などと考えるのはセンチメンタルな妄想であり、「葉隠」はむしろ、美しい殺人者のための聖書なのだ。青ざめた知識人の人間主義的モラルなどは、この本の前では吹っ飛んでしまう。噴水が天に冲するように、闇夜をつらぬいて、一つのきわめつきの真実、裸の怖ろしい絶対の真実が吹き上げたのが、「葉隠」という本である。私を規制する道徳というものがもしあるとすれば、この世界に「葉隠」だけであり、ほかの凡百の道徳と称するものはすべて紙屑である。

II

日本文学小史

第一章　方法論

奥底にあるものをつかみ出す。

そういう思考方法に、われわれ二十世紀の人間は馴れすぎている。その奥底にあるものとは、唯物弁証法の教えるものでもよい、精神分析学や民俗学の示唆するものでもよい、何か形のあるものの、形の表面を剝ぎ取ってみなければ納まらぬ。

目に見えるままのものは信じないがよい。そこで視覚を本質とする古典主義は人気を失った。しかるに、形の表面を介してしか魅惑されないというわれわれの官能的傾向は頑固に生きのびており、それが依然として「美」を決定するから厄介なのだ。

美術史ならまだしも問題は簡単である。文学史とは一体何なのか。千年前に書かれた作品でも、それが読まれているあいだは、容赦なく現代の一定の時間を占有する。

われわれは文学作品を、そもそも「見る」ことができるのであろうか。古典であろうが近代文学であろうが、少くとも一定の長さを持った文学作品は、どうしてもそこをくぐり抜けなければならぬ藪なのだ。自分のくぐり抜けている藪を、人は見ることができるであろうか。

それははっきりわれわれの外部にあるのか。それとも内部にあるのか。文学作品とは、体験によってしかつかまえられないものなのか。それとも名器の茶碗を見るように、外部からゆっくりくぐり鑑賞できるものなのか。

もちろん藪だって、くぐり抜けたそのあとでは、遠眺めして客観的にその美しさを評価することができる。しかし、時間をかけてくぐり抜けないことには、その形の美しさも決して掌握できないというのが、時間芸術の特色である。この時間ということが、体験の質に関わってくる。なぜなら、われわれがそれを読んだ時間は、まぎれもない現代の時間だからである。

美、あるいは官能的魅惑の特色はその素速さにある。それは一瞬にして一望の下に見尽されねばならず、その速度は光速に等しい。それなら、長篇小説のゆっくりした生成などは、どこで美と結ぶのであろうか。きらめくような細部によってであるか。

あるいは、読みおわったのち、記憶の中に徐々にうかび上る回想の像としてであるか。

同じ時間芸術でも、音楽史が、ほとんど文学史や演劇史から独立して論じられない日本では、音の堅固な抽象性と普遍性を羨む必要はあるまい。文学史は言葉である。言葉だけである。しかし、耳から聴かれた言葉もあれば、目で見られることに効果を集中した言葉もある。

文学史は、言葉が単なる意味伝達を越えて、現在のわれわれにも、ある形、ある美、ある更新可能な体験の質、を与えてくれないことにははじまらない。私は思想や感情が古典を読むときの唯一の媒体であるとは信じない。たとえば永福門院の次のような京極派風の叙景歌はどうだろうか。

「山もとの鳥の声より明けそめて
　花もむら〳〵色ぞみえ行く」

ここにわれわれが感じるものは、思想でも感情でもない、論理でもない、いや、情緒ですらない、一連の日本語の「すがた」の美しさではないだろうか。そういう表現は実にあいまいで、私の好むところではないが、いかに文学的価値なるものが、個々の具体的な作品を通してしか実現されず、又、測定されないにしても、古典主義の主張のように、どこかに一個の絶対的な規範があって、ここからすべての価値が流れを汲んでいると主張しきるわけには行くまい。かつて源氏物語や古今和歌集は、そのような絶対的範例的古典だった。しかし、他の範例、他の美的基準もあることを、人々は徐々に発見した。

一番望ましいのは、プラトンのイデアのような不可見の光源を設定して、その光りに照らして個々の作品を測ってゆけば、簡単に価値の高低が知られることである。このイデアの代りに、ある人は「国民精神」を、ある人は「庶民の魂」を仮構した。その方法は、文学史を書くには具合のいい簡便さを持っているが、証明不可能な仮構の基準を採用するわけには行かない。そういうやり方は、実につまらないものをも大げさにとりあげるというあやまちを生むからだが、それでは逆に、一時代の美的思想的宗教的基準だけを大切にして、その時代の人間の目に成り変ろうと努力すれば、又しても、実につまらないものを大げさにとりあげることになるのである。

われわれは文学史を書くときに、日本語のもっとも微妙な感覚を、読者と共有しているという信念なしには、一歩も踏み出せないことはたしかであって、それは至難の企てのようだが、実はわれわれ小説家が、日々の仕事をするときに、持たざるをえずして持たされている信念と全く同種のものなのである。

かくて、文学史を書くこと自体が、芸術作品を書くことと同じだという結論へ、私はむりやり引張ってゆこうとしているのだ。なぜなら、日本語の或る「すがた」の絶妙な美しさを、何の説明も解説もなしに直観的に把握できる人を相手にせずに、少くともそういう人を想定せずに、小説を書くことも文学史を書くことも徒爾(とじ)だからである。

享受はそれでよろしい。

しかしいかに作者不詳の古典といえども、誰か或る人間、或る日本人が書いたことだけはたしかであり、一つの作品を生み出すには、どんな形ででもあれ、そこに一つの文化意志が働らいたということは明白である。

私の文学史は、読者には日本語のもっとも高くもっとも微妙で且つもっとも寛容な感受能力を要求し、一方、私の文学史が論ずる作品の作者には、どんな古い時代に生きた人でも、それ相応の明確な文化意志を要求する。私はこの文化意志こそ文学作品の本質だと規定するからであり、文化意志以前の深みへ顚落(てんらく)する危険を細心に避けようと思うからだ。

文化意志以前の深みとは？　私がここで民俗学的方法や精神分析学的方法を非難しようとしていることを人は直ちに察するであろう。

私はかつて民俗学を愛したが、徐々にこれから遠ざかった。そこにいいしれぬ不気味な不健全なものを嗅ぎ取ったからである。

しかしもともと不気味で不健全なものとは、芸術の原質であり又素材である。それは実は作品によって癒やされているのだ。それをわざわざ、民俗学や精神分析学は、病気のところへまでわれわれを連れ戻し、ぶり返させて見せてくれるのである。近代の世の中には、こういう種明しを喜ぶ観客が実に多い。

私は一九六七年インドの聖なる町ベナレスの、聖なる河ガンジスのほとりで、居並ぶあまたの癩者の乞食たちを見た。それは忌わしく、怖ろしく、感覚を逆撫でにした。しかし思えば、日本の中世では、いや、つい昭和初年まで、これほど大規模でなくてもこれに似た風景は、諸方の寺門前で見られた筈である。私はたちまちにして、謡曲「弱法師（よろぼし）」を想起した。愛護若（あいごのわか）伝説の源を辿って、インドへまで遡る手間暇をかけずとも、私に直観されたのは、正に「弱法師」のあの洗煉こそ、目前の現実のこの汚穢（おわい）

の中から素手でつかみ出されたものが、強烈な文化意志によって洗い上げられ、今見るような清澄な能の舞台芸術にまで成ったという、道程を経ているということである。この結果としての作品こそ、文学史が編まれてゆく対象であり、われわれはわざわざ癩者の乞食という現実所与の存在まで下りていってはならないのだ。

民俗学はいつもそこまで下りてゆこうとする。民俗学者は、現実存在まで下りてゆくのではなく、それが Sitte の形態をなすところまで下りてゆくにすぎないと主張するかもしれない。なるほど Sitte は広義の文化に属するであろう。しかし民俗学が狙い、かつ、それらの読者が心底に期待するものは、あたかも海底遊覧船のように、その Sitte の硝子(ガラス)を透かして眺められる海底の景色なのである。

そこには何があるか？

民族の深層意識の底をたずねて行くと、人は人類共有の、暗い、巨大な岩層に必ず衝き当る。それはいわば底辺の国際主義であり、比較文化人類学の領域である。古い習俗のもっとも卑俗なものを究めて行っても、又、逆に、もっとも霊的なものを深めて行っても、同じ岩層にぶつかり、同じように「人類共有」の、文化体験以前の深みへ顚落して行く危険があるのだ。しかも、そこまで行けば、人は「すべてがわかった」気になるのである。

民俗学者の地味な探訪の手続は、精神分析医の地味な執念ぶかい分析治療の手続に似ている。個々の卑小な民俗現象の芥箱（ごみばこ）の底へ手をつっこんで、ついには民族のひろく深い原体験を探り出そうという試みは、人間個々人の心の雑多なごみ捨て場の底へ手をつっこんで、普遍的な人間性の象徴符号を見つけ出そうという試みと、お互いによく似ている。こういうことが現代人の気に入るのである。マルクスとフロイトは、西欧の合理主義の二人の鬼子であって、一人は未来へ、一人は過去への、呪術と悪魔祓いを教えた点で、しかもそれを世にも合理的に見える方法で教えた点で、双璧をなすものだが、民俗学を第三の方法としてこれに加えると、われわれは文化意志を否定した文化論の三つの流派を持つことになるのである。

文化とは、創造的文化意志によって定立されるものであるが、少くとも無意識の参与を、芸術上の恩寵（おんちょう）として許すだけで、意識的な決断と選択を基礎にしている。ただし、その営為が近代の芸術作品のような個人的な行為にだけ関わるのではなく、最初は一人のすぐれた個人の決断と選択にかかるものが、時を経（ふ）るにつれて大多数の人々を支配し、ついには、規範となって無意識裡にすら人々を規制するものになる。

私が武士道文献を文学作品としてとりあげるときに、このことは明らかになるであろう。

文化とは、文化内成員の、ものの考え方、感じ方、生き方、審美観のすべてを、無意識裡にすら支配し、しかも空気や水のようにその文化共同体の必需品になり、ふだんは空気や水の有難味を意識せずにぞんざいに用いているものが、それなしには死なねばならぬという危機の発見に及んで、強く成員の行動を規制し、その行動を様式化するところのものである。

私の選ぶ文学作品は、このような文化が二次的に生んだ作品であるよりも、一時代の文化を形成する端緒となった意志的な作品群であろう。それこそは私が「文化意志」と名付けるところのものであり、

㈠神人分離の文化意志としての「古事記」
㈡国民的民族詩の文化意志としての「万葉集」
㈢舶来の教養形成の文化意志をあらわす「和漢朗詠集」
㈣文化意志そのものの最高度の純粋形態たる「源氏物語」
㈤古典主義原理形成の文化意志としての「古今和歌集」

㈥文化意志そのもののもっとも爛熟（らんじゅく）した病める表現「新古今和歌集」
㈦歴史創造の文化意志としての「神皇正統記」
㈧死と追憶による優雅の文化意志「謡曲」
㈨禅宗の文化意志の代表としての「五山文学」
㈩近世民衆文学の文化意志である元禄文学（近松・西鶴・芭蕉）
(十一)失われた行動原理の復活の文化意志としての「葉隠」
(十二)集大成と観念的体系のマニヤックな文化意志としての曲亭馬琴

などが、ほぼ考えられる各時代の文化意志の代表であろう。これにさらに隠者文学の系列を加えることもできれば、幾多の軍記物や、今昔物語のような説話集や、あるいは「梁塵秘抄（りょうじんひしょう）」以降の歌謡も加えることができるであろう。私は今、ただ思いつくままにこの十二の代表を選んでみたのであって、これに終始とらわれるつもりはない。

たまたま、「和漢朗詠集」と「五山文学」が、外来文化に擬して書かれた、いわば日本におけるラテン文学のような観を呈しているところから、文学史における外来文化の影響についても、態度決定をしておかなければならない。

文化の範例への模索自体に、外来文化の影響があった。山の頂きからまず曙に染められるように、むかしはまず文化と権力の上層部から外来文化に染められて行ったことを考えると、インテリゲンチャが外来文化の紹介と被影響の先駆者となった近代とは、まずその点のちがいがあるが、当初は文化形成の意志と政治意志とは、一つの離れがたい衝動であったろう。

そのときすでに、われわれは詩と政治との発生起源の同一性に思いいたるのである。文化以前の民族的原体験が、ただひとえに世界の謎としか思われないとき、詩と祭祀と政治とは、その謎を、何らかの形のある謎にまで築き上げ、言語はおのずから、神秘的感動の組織化（詩）と、呪術（祭祀）と、統治機能（政治）との、未分化の堺に力を発揮するだろう。祭政一致的な文化意志、リチュアルとしての文化意志のうちに、文化の形式意欲の最初の芽が萌え出すだろう。外来文化が借用されるのは、まずこのような形式の整備・整合の用のためであり、おそかれ早かれ、形式の必要は到来する。すなわち、民族固有のものの普遍化欲求としての文化意志が、このような形式を必要とする段階が来るのである。

しかし、いうまでもなく外来文化の用は、形式そのものの整備・整合にあって、形式への嗜慾は、言語（共通表象）の所有と共に、すでに予定されていた。言語は意味伝達のうちに文化意志を、最初の「形式への嗜慾」を内包していたのである。

文化財の陳列や、文化の発生形態の研究によって、固有なものを探るという試みが、あたかも玉葱の皮を剝きつづけるような、不毛の模索に終るのは、「固有なもの」へ消去法によって迫ろうとする方法自体に誤りがあるからである。言語を言語として分解分析して、その源流をたずね、一国民の文化の原体験を探ろうという試みも亦、同じように不毛である。

はじめ個我によく似た民族我は、排他性、絶対的自己同一性、不寛容、などによって他との境界を劃し、以て民族的自覚に到達するが、「我」としての文化、いわば文化我も、排他的な自意識を、最初の文化意志として定立するであろう。しかし、同時に、文化は文化特有の普遍化欲求（表現衝動と形式意慾）の命ずるままに、その最初の文化意志の裡に、自己放棄の契機を孕んでいる。外来文化の問題がそのとき顔を出すのだ。

自と他を差別しようという言語の要求は、（日本語が本来これに乏しいことは事実であるが）、一種の言語の権力意志の発生を促し、これが言語の統治機能と結びつき、その整備整合に外来文化が用いられるであろう。古事記序の「邦家之経緯、王化之鴻(こう)基(き)」とはすなわちこれであり、これこそ最初の決然たる文化意志であり、また政治意志であった。

しかし、「古事記」は、前にも触れたように、神人分離の文化意志によって定立されたものだ、と私は見る。祭政一致的な根源的な詩は、このときすでに、リチュアルからの徐々たる背反による抒情性の萌芽を「葦芽(あしかび)の如く」含んでいた。そのかぎりにおいて、古代文学における抒情の発生は、スポンティニァスであると共に、強いられたものである。

厳密に言って、一個の文化意志は一個の文学史を持つのである。

文化の保護者としての宮廷の、勅撰集のごときアンソロジー編纂の行為は、それ自体が文学史形成の意慾を持った芸術行為であった。ここに、中世の古今伝授にまでいたる日本独特の宗教的な又政治的な文化伝承の問題が起ってくる。

近代の恣意的な文学史と、中世の伝承による史的形成の文化意志との間には、のりこえられぬ柵があり、二律背反があると考えてよい。今われわれがこうして個人的な見解による文学史を編みうるという考えは、もしかしたら単なる浪曼派的偏見かもしれないのである。いくつかの小宇宙を概括する大宇宙の視点を、われわれはまだ獲得したわけではない。しかも、日本の特殊性として、一例が謡曲のごときは、十八世紀の固定した演出の、ほとんどそのままが忠実に伝承されている今日の舞台芸術としての能楽を通じて、それによって触発される情緒をとおしてのみ、読まれるのであるから、鑑賞者のわれわれ自身ですら、どれだけ伝承の小宇宙の外側に立ちうるか疑わしいのである。

いずれにせよ私の文学史は、無限に実証主義から遠ざかるものになるであろう。

第二章　古事記

私がはじめて「古事記」に接したのは、小学生のころ、鈴木三重吉の現代語訳によってであった。そこにあらわれる夥（おびただ）しい伏字が、子供の心に強い刻印を捺した。「古事記」は何か語ってはならない秘密をあからさまに語った本として、まず印象づけられたのである。伏字は、政治的な問題、道徳的な問題、また、官能的な問題に亘っていたから、子供の想像力が読み分けることは至難だった。しかし、これを完本で読む日が来れば、自分は、日本最古の文献のうちに、日本および天皇についての最終的な秘密を知ることになるであろうという予感を抱いた。

この予感は半ば当り、半ば当らなかった。しかし今もなお、私は、「古事記」を、晴朗な無邪気な神話として読むことはできない。何か暗いものと悲痛なもの、極度に猥褻なものと神聖なものとの、怖ろしい混淆を予感せずに再読することができない。少くとも、戦時中の教育を以てしても、儒教道徳を背景にした教育勅語の精神と、古事記の精神とのあいだには、のりこえがたい亀裂が露呈されていた。儒教道徳の偽善とかびくささにうんざりすればするほど、私は、日本人の真のフモールと、また、真の悲劇感情と、この二つの相反するものの源泉が、「古事記」にこそあるという確信を深めた。日本文学のもっともまばゆい光りと、もっとも深い闇とが、ふたつながら。

……そして天皇家はそのいずれをも伝承していたのである。

「爾臣民父母ニ孝ニ、兄弟ニ友ニ、夫婦相和シ、朋友相信シ、恭倹己レヲ持シ、博愛衆ニ及ホシ、学ヲ修メ、業ヲ習ヒ、以テ智能ヲ啓発シ、徳器ヲ成就シ、進テ公益ヲ広メ、世務ヲ開キ、常ニ国憲ヲ重シ、国法ニ遵ヒ、一旦緩急アレハ、義勇公ニ奉シ、以テ天壌無窮ノ皇運ヲ扶翼スヘシ。是ノ如キハ、独リ朕カ忠良ノ臣民タルノミナラス、又以テ爾祖先ノ遺風ヲ顕彰スルニ足ラン。

斯ノ道ハ、実ニ我カ皇祖、皇宗ノ遺訓ニシテ、子孫臣民ノ、倶ニ遵守スヘキ所……」

これに比べると、「古事記」の神々や人々は、父母に孝ならず、兄弟垣にせめぎ、夫婦相和せず、朋友相信ぜず、あるいは驕慢であり、自分本位であり、勉強ぎらいで、法を破り、大声で泣き、大声で笑っていた。あの女にもまがう少年英雄倭建命でさえ、父天皇をたばかってその妾を私しその命に背いた兄宮が、「朝署に厠に入りし時、待ち捕へて搤み批ぎて、其の枝（四肢）を引き闕きて、薦に裹みて投げ棄てつ」というような、残虐な殺し方をするのである。

戦時中の検閲が、「源氏物語」にはあれほど神経質に目を光らせながら、神典の故を以て、「古事記」には一指も触れることができず、神々の放恣に委ねていたのは皮肉である。ともすると、さらに高い目があって、教育勅語のスタティックな徳目を補うような、それとあらわに言うことのできない神々のデモーニッシュな力を、国家は望み、要請していたのかもしれない。古事記的な神々の力を最高度に発動させた日本は、しかし、当然その報いを受けた。そのあとに来たものは、ふたたび古事記的な、身を引裂かれるような「神人分離」の悲劇の再現だったのである。

――「古事記」の全般について縷説するわけには行かないから、私は倭建命の挿話のみをとりあげて、神人分離の象徴的な意味を探りたいと思う。実際、この挿話は全篇のほぼ半ばに位し、神と人との中間に置かれて、その悲劇性は、下巻の「軽王子と衣通姫」の悲劇性と遠く照応しているように思われるのである。

景行天皇の叙述のほとんどが、倭建命の事跡に占められているのであるが、皇太子倭建命はいつも天皇に准ずる敬語で扱われ、「日本書紀」にも、「是天下、則汝天下也。是位則汝位也」という景行天皇のお言葉が見られる。そして就中見落してはならないのは、同じく景行天皇が、倭建命を斥して、

「形則我子、実則神人」

と言っておられることである。

「日本書紀」によれば、それは倭建命が、「身体長大、容姿端正、力能扛レ鼎、猛

如二雷電一、所レ向無レ前（かたき）、所レ攻必勝」つからであった。しかし、そればかりではない。天皇は我子に対して、何かこの世のものならぬものを感じておられたのである。

そして「古事記」の景行天皇の一章は、本来の神的天皇なる倭建命と、その父にして人間的天皇なる景行天皇との、あたかも一体不二なる関係と、同時にそこに生ずる憎悪愛（アムビヴァレンツ）が、象徴的に語られているようにも思われる。命の悲劇は、自己の裡の神的なるものによって惹き起されるのである。

その神的なるものの最初の顕現は、兄宮の弑殺（しいさつ）であった。その純粋素朴な怒りが演じた残虐行為は、景行天皇に恐怖を与えた。これが、ただ、我子の人並外れた腕力と、感情の率直さに、父が恐怖を覚えたというのでは足りない。天皇はおそらく、我子の裡にあるものを、御自身の裡に見られたのである。天皇における統治の抑制が、十六歳の王子の行為に震撼され、自己の裡にたわめられた「神的なるもの」の、仮借のない発現を王子の行為に認められたのである。

景行天皇のなさった行為は、三野（みの）の国造（くにのみやつこ）の祖（おや）、大根王（おおねのみこ）の女、名は兄比売（えひめ）・弟比売（おとひめ）の、二人の乙女に恋着されたことだけであった。御子（みこ）大碓命（おおうすのみこと）に命じて召し上げようとされたのを大碓命はこの二人の乙女をわがものにしてしまい、他の乙女を求めて奉って、父帝をたばかった。天皇のなさったことは、いつわりを知りながら黙して、ただその乙女を冷然と扱われただけであった。大碓命が罰せられたという記述はない。天皇は弟宮にして皇太子なる小碓命（倭建命）に、「朝夕の大御食に兄宮が出て来ないのは何故か。お前からよく言っておけ」と、家長の抑制を以て穏やかに言われた。しかるにただちに、倭建命は、用便中の兄を襲うて、その四肢を引き裂いて殺したのだった。この行為に接したとき、天皇が、あれほどの穏便な命令を倭建命が逸脱したというよりも、むしろ、命が父帝の御顔色を察して、その行為によって逆に父帝の内にひそんでいた神的な殺意を具体化し、あますところなく大御心を具現した、ということに慄然とされたにちがいない。命は、神的な怒りをそのまま、雷霆の行為に現わしてしまったのであった。しかもその心情、その行動に一点の曇りもなく、力あるものが力の赴くままに振舞って、純一無垢、あまりにも適切に大御心に添うたことが、天皇をいたく怖れさせたのである。「形則我子、実則神人」という発見はこれを意味したと私は考える。

　これがおそらく、政治における神的なデモーニッシュなものと、統治機能との、最初の分離であり、前者を規制し、前者に詩あるいは文化の役割を担わせようとする統治の意志のあらわれであり、又、前者の立場からいえば、強いられた文化意志の最初のあらわれである、と考えられる。

なぜ軍事的英雄であり、君命を享けて派遣された辺境討伐軍の隊長である倭建命が、文化意志を代表するものとなるのか？　それはただ、抒情詩人として、古代歌謡のうちにいくつかの秀逸をのこした命の詩才にだけ依るのではない。

美夜受比売の月経のしるしを見て詠んだ命の歌、

「ひさかたの　天の香具山　利鎌に　さ渡る鵠　弱細　手弱腕を　枕かむとは　我はすれど　さ寝むとは　我は思へど　汝が著せる　襲の裾に　月立ちにけり」

又、尾津の前の一つ松のもとに疲れ果てて辿りついた命が、先に食事をしたためたときそこに置き忘れた刀が、そのままのこっているのを見て、

「尾張に　直に向へる　尾津の崎なる　一つ松　あせを　一つ松　人にありせば　大刀佩けましを　衣著せましを　一つ松　あせを」

又、能煩野に到った時の、国しぬびの歌、

「倭は　国のまほろば　たたなづく　青垣　山隠れる　倭しうるはし」

「命の　全けむ人は　畳薦　平群の山の　熊白檮が葉を　髻華に挿せ　その子」

「愛(は)しけやし　吾家(わぎへ)の方(かた)よ　雲居(くもゐ)起(た)ち来(く)も」

病篤(あつ)くなり、これを歌い竟(おわ)ると共に「崩(かむあが)りまし」た歌。

「嬢子(をとめ)の　床(とこ)の辺(べ)に　我が置きし　つるぎの大刀　その大刀はや」

——くりかえして言うが、命はこれらの詩作のみによって、最初の文化意志を代表する者となったのではない。

統治機能からもはやはみ出すにいたった神的な力が、放逐され、流浪せねばならなくなったところに、しかも自らの裡の正統性（神的天皇）によって無意識に動かされつづけているところに、命の行為のひとつひとつが運命の実現となる意味があり、そのこと全体が、文化意志として発現せざるをえなくなったのだ。神人分離とはルネッサンスの逆であり、ルネッサンスにおけるが如く文化が人間を代表して古い神を打破したのではない。むしろ、文化は、放逐された神の側に属し、しかもそれは批判者となるのではなく、悲しみと抒情の形をとって放浪し、そのような形でのみ、正統性を代表したのである。

命は神的天皇であり、純粋天皇であった。景行帝は人間天皇であり、統治的天皇であった。詩と暴力はつねに前者に源し、前者に属していた。従って当然、貶黜(へんちゅつ)の憂目を負い、戦野に死し、その魂は白鳥となって昇天するのだった。

　景行天皇は、その皇太子のこのようなおそるべき「神人」的性格を見抜いたとき、命には「伝説化」「神話化」の運命を課するほかはないと思われたにちがいない。それは又、文化意志を託することでもあった。すなわち詩と政治とが祭儀の一刻において完全無欠に融合するような、古代国家の祭政一致の至福が破られたとき、詩の分離のみが、そしてその分離された詩のみが、神々の力を代表する日の来ることを、賢明にも予見されたにちがいない。

　自分の猛々（たけだけ）しい王子（みこ）は、史上初のそのような役割を担うべきである。それはそれ自体が悲境であり、生身の人生を詩と化することであり、孤独であり、流浪であり、敗北でさえあるが、そこにこそ神々にとっての最後の光輝が仰ぎ見られ、後世、自分および自分のおだやかな子孫が統治をつづけるべき国において、それだけが光栄の根源として無限に回帰せられるべきもの、それを正に倭建命において実現させたい、と思われたに相違ない。

　それはもはや景行天皇御自身によっては実現されえないものであることを天皇は知っておられ、「それを実現せよ」と意志されることは天皇の御命令だったのである。

文化意志はかくて隠密な勅命によって発したのだった。一方からいえば、勅命のみが、このような史上最初の文化意志の発生を扶けたのである。

倭建命はこれをのこる隈なく具現した。古事記のもっとも重要な一章を形成し、かくて景行天皇御自身の事蹟はかげに隠れた。

古事記は命の最期を次のように伝えている。

「嬢子の　床の辺に　我が置きし　つるぎの大刀　その大刀はや

と歌ひ竟ふる即ち崩りましき。爾に駅使を貢上りき。

是に倭に坐す后等及御子等、諸下り到りて、御陵を作り、即ち其地の那豆岐田に匍匐ひ廻りて、哭為して歌曰ひたまひしく、

なづきの田の　稲幹に　稲幹に　匍ひ廻ろふ　野老蔓

とうたひたまひき。是に八尋白智鳥に化りて、天に翔りて浜に向きて飛び行でましき。爾に其の后及御子等、其の小竹の苅杙に、足跳り破れども、其の痛きを忘れて哭きて追ひたまひき。此の時に歌曰ひたまひしく、

浅小竹原　腰なづむ　空は行かず　足よ行くな

とうたひたまひき。又其の海塩に入りて、那豆美行きましし時に、歌曰ひたまひし

く、

海処行けば　腰なづむ　大河原の　植ゑ草　海処はいさよふ

とうたひたまひき。又飛びて其の磯に居たまひし時に、歌曰ひたまひしく、

浜つ千鳥　浜よは行かず　磯伝ふ

とうたひたまひき。是の四歌は、皆其の御葬に歌ひき。故、今に至るまで其の歌は、天皇の大御葬に歌ふなり。故、其の国より飛び翔り行きて、河内国の志幾に留まりましき。故、其地に御陵を作りて鎮まり坐さしめき。即ち其の御陵を号けて、白鳥の御陵と謂ふ。然るに亦其地より更に天に翔りて飛び行でましき」

＊

理解の不可能、二つの機能の間、詩と政治の間の理解の橋が断たれたことを、私は「神人分離」と呼ぶ。そのことが明らかに語られるのが、出雲建討伐から帰って直ちに、次の困難な平定の戦いを父天皇に命ぜられる命が、伊勢神宮に詣って、その姨倭比売命に、次のように言う件りである。

「故、命を受けて罷り行でましし時、伊勢の大御神宮に参入りて、神の朝廷を拝みて、即ち其の姨倭比売命に白したまひけらくは、

『天皇既に吾死ねと思ほす所以か、何しかも西の方の悪しき人等を撃ちに遣はして、返り参上り来し間、未だ幾時も経らねば、軍衆を賜はずて、今更に東の方十二道の悪しき人等を平けに遣はすらむ。此れに因りて思惟へば、猶吾既に死ねと思ほし看すなり。』

とまをしたまひて、患ひ泣きて罷ります時に、倭比売命、草那芸剣を賜ひ、亦御嚢を賜ひて、

『若し急の事有らば、茲の嚢の口を解きたまへ。』

と詔りたまひき」

この悲傷、この哭泣（それはあたかも、上巻の須佐之男命の地を枯らす哭泣と、正確に照応しているように思われる）には、天皇が倭建命に課した「運命への意志」と文化意志が、なお自覚されていない。命はなぜ父帝の命によって、自分がひたすらに死のほうへ、悲劇のほうへ追いやられるかがわからないのである。これからの人間の歴史においては、神的なるものは、伝説化され神話化され英雄化され、要するに「犠牲」にされるほかはないのであるが、ほかならぬ自分が、なぜそのような役割に選ばれたかがわからないのだ。この理解の断絶、そして命の心の中には一点の叛心も

なく、純粋無垢に勅命を奉ずる気持しかないのに、なお死を命ぜられるということの不可解、……こうした絶対の不可知論的世界へ追い込まれた者の苦悩は、実はこの古事記の一節を嚆矢（こうし）として、日本の歴史に、現代にいたるまで何度となくくりかえされることになり、このような悲劇的文化意志の祖型（アーケタイプ）が、倭建命の物語に定立されたのである。

古事記の中でさえ、より純粋さを欠き、より典型性を欠いた形ではあるが、同じような悲劇は繰り返される。

それが下巻の「軽王子（かるのみこ）と衣通姫（そとおりひめ）」の物語である。

この恋人同士の心中は、おそらく文献上、日本最古の心中であるが、しかもアラビアン・ナイトの有名な物語のように、兄と妹の恋とその死を語っている。すなわち允（いん）恭（ぎょう）天皇の御子である木梨之軽王（きなしのかるのみこ）と、その艶色（えんしょく）が衣をとおして照りかがやくがために衣通姫と呼ばれた妹御子とは、同腹の兄妹の不倫の結婚をする。そのため、天皇崩御後、即位を予定されていた軽王子は、百官および天下の民衆のゆるさざるところとなって、民心は弟宮の穴穂命（あなほのみこと）に帰し、軽王子は大前小前宿禰（おおまえおまえのすくね）の家へ逃げ入って、兵備を整え、穴穂命も亦、兵備を整える。

恋物語全体は、恋のはじめから、歌物語の体裁をとっている。

日継の皇子と決りながら、まだ皇位に即かぬ間に、軽王子は、妹の軽大郎女に戯れて、次のように歌った。

「あしひきの　山田を作り　山高み　下樋を走せ　下娉ひに　我が娉ふ妹を　下泣きに　我が泣く妻を　昨夜こそは　安く肌触れ」

又、

「笹葉に　打つや霰の　たしだしに（確実に）率寝てむ後は　人は離ゆとも　愛しと　さ寝しさ寝てば　刈薦の　乱れば乱れ　さ寝しさ寝てば」

王子は一旦宿禰の家へ逃げ入って、兵備を整えたが、大義名分を説かれて、出て、捕えられたときの歌。

「天飛む　軽の嬢子　いた泣かば　人知りぬべし　波佐の山の　鳩の　下泣きに泣く」

又、

「天飛む　軽嬢子　したたにも（しっかりと）　寄り寝てとほれ　軽嬢子ども」

かくて伊余の湯（道後温泉）へ流されることになった王子の歌。

「天飛ぶ　鳥も使ぞ　鶴が音の　聞えむ時は　我が名問はさね」

又、

「王を　島に放らば　船余り　い帰り来むぞ　我が畳ゆめ　言をこそ　畳と言はめ
我が妻はゆめ」

（留守中に敷物を穢れなく保管することは、旅人の平安を祈る呪術であった）

衣通姫は次のように歌う。

「夏草の　あひねの浜の　蠣貝に　足踏ますな　あかしてとほれ」

恋しさに耐えかねて、王子を追って旅に出るときの姫の歌。

「君が往き　け長くなりぬ　山たづの　迎へを行かむ　待つには待たじ」

そしてついに伊余の湯へ到り着いて、再会したときの姫の歌。

「隠り国の　泊瀬の山の　大峡には　幡張り立て　さ小峡には　幡張り立て　大峡にし　なかさだめる　思ひ妻あはれ　槻弓の　臥やる臥やりも　梓弓　起てり起てりも　後も取り見る（後には相見る）　思ひ妻あはれ」

そして、

「隠り国の　泊瀬の河の　上つ瀬に　斎杙を打ち　下つ瀬に　真杙を打ち　斎杙には

鏡を懸け　真杙には　真玉を懸け　真玉如す　吾が思ふ妹　鏡如す　吾が思ふ妻
ありと言はばこそに　家にも行かめ　国をも偲はめ」

そう歌って、即ち共に自殺したのである。故国に思う妻があればこそ、家も恋しく国も偲ばれるが、今ここの僻地に、再会して共居をしているのであるから、もはや故国にも未練がない、そこで心中をするほかはない、というのは、いかにも奇妙な心理であり論理である。しかし日本最古の心中であるということのほかに、私がもっとも興味を持つのは、道徳に叛き共同体から完全に放逐された者同士が、根無し草であることに耐えられず、しかも何ら懐郷の情に駆られるでもなく、そこで追いつめられた者の片隅の幸福と平和に安んずるでもなく、ただちに心中するという心理なのである。

古事記には、しばしば唐突な飛躍がある。しかしこの飛躍の中にこそ、今は忘れられた古代の神的な感情がひそんでいるのである。恋する者を傍らに置き、恋する者のいない故国はもはや郷愁をそそらぬと断言しながら、敢て情死する軽王子の感情には、王位を得なかった絶望や怨嗟はみとめられない。自分たちの恋が、ついに共同体から完全に切り離されて完成することに耐えられなかったからであり、又、共同体の内部において、恋と罪（大祓詞の「国つ罪」には、但し、母子相姦の禁止はあるけれども、兄妹相姦の禁止はない）と王位とを、三つながら一身に具現しようとした軽王子の自然な行為が、もはや実現の道を失ったからである。

倭建命の「暴力」は、この挿話では、「恋」に形を変えている。兄妹の間ではありながら、この恋は自然に芽生えたものであり、又、軽王子は、その出生において、自然に日継の皇子（みこ）であった。神的な力はこれを庇護すべきであり、もし人々が全的に「詩」を認めるなら、この結婚と統治は、神意に基づいていると認められた筈だったのである。

しかるに「民衆」が登場し、これに支えられた政治が生れ、軽王子の自然な行為は叛乱と規定され、王子はこれに抗う（あらが）ことはゆるされず、流謫（るたく）の地でただ「個人的な」恋だけが非公式に許容されることになった。

かくして国偲びという自然な感情にすら、悲痛な逆説が起らざるをえない。それがこの最後の長歌の誇張を形づくる。

国と女とは同一視され、価値観に於て高低のないものにまで高められている。しかしそれはエロティックなものの高揚ではなくて、実はその挫折の嗟嘆（さたん）なのである。なぜなら、この長歌は、女あってこそ恋しい故国が、女と切り離せば空疎で無縁なものになると歌いながら、同時に、女と故国との同一化による郷愁の結晶が破壊され、ここに現在ある女の存在は、国の価値の喪失によって、ほとんど無価値になったという絶望が暗示されているからである。王子はエロスの最終的な根拠を失い、失ったがゆえに、その復活のために情死したのであるが、長歌は、反抗的な態度に終始して真情をいつわり、むしろ空無化した国家に対する国家批判的な言辞さえ底にひそめている。道ならぬ恋と王位とを最終的に一致させる国は、その詩と政治との最終的な一致は、王子に拒まれた。それを拒む国は、もはや帰るに価しない国であるが、国を失ったときに、この嘗て(かつ)の日継の皇子は死ななければならないのである。これも亦、「神人分離」の一挿話と私が理解する所以(ゆえん)である。

「軽王子と衣通姫」は、允恭(いんぎょう)天皇の御代(みよ)に起った出来事であり、古事記もすでに下巻である。神人分離の主題が、中巻の倭建命の、あのように英雄的な巨大な取扱いに比して、はるかに末期ロマンティック的な、矮小(わいしょう)なものになっていることは否めない。それもその筈、この主題は、下巻においては、もはや顕然たるライト・モチーフではなくなっているからである。

倉野憲司氏は言う。

「思うに、下巻を仁徳天皇に始めたのは、この天皇が『聖帝』とたたえられた天皇であったからであって、ここから天皇に対する考え方が変化したからであろう。言い換えると、儒教的聖天子の思想が浸潤して来て、固有の『天神御子』（アマツカミノミコ）という天皇観に変化を来たしたために、これを契機として、儒教渡来の応神天皇の御世を以って中巻を結び、儒教的聖天子の思想で濃く彩られた仁徳天皇からを下巻としたものと推測されるのである。」（岩波版　日本古典文学大系）

第三章　万葉集

万葉集が勅撰であるか私撰であるかには諸説があるが、外来文化の影響をうけたアンソロジー編纂の文化意志が、同時に、外来文化に対する対抗意識から出たものであることは容易に察せられる。奈良時代中期、すなわち八世紀中葉までの間に成立して、これまでの日本の秀歌を、系統的に編纂したこの集は、次のような二つの特色を持っている。一つは、歌が集団と個の融一から、個の自覚と倦怠へと細まってゆく過程が歴然と見られることである。二つは、作者があらゆる階層にわたると共に、いかに辺境の人の素朴な歌といえども、宮廷文化に対する模倣（まねび）を忘れず、忠と恋との二種の誠実の筋道を通して、いわばローマへ通ずる無数の道のように、中心へ収斂（しゅうれん）していることである。

私は一般に考えられている万葉集の読み方とことなって、壬申（じんしん）の乱以後の人麿時代と、ずっとあとの奈良時代中期の防人（さきもり）の歌とを直結し、さらに、別途に相聞歌の系譜を一つながりのものとして辿（たど）る読み方をしようと思う。

壬申の乱（六七二年）以後、奈良時代中期の天平五年（七三三年）にいたるまでの間は、半世紀の時代の経過があり、われわれは巻一の人麿の歌から、ただちに巻二十の防人の歌へ飛ぶのである。

なぜなら、万葉集の本質である集団的感情としての詩は、はじめ高らかに宮廷詩人人麿の口をとおして歌われるが、のちには次第に衰えて、ローマの泰平を支える辺境守備軍のような、奈良朝中期の平和から遠い防人の口をとおしてのみ、歌いつがれるにいたるからであり、防人歌の素朴と真情と集団感情は、繊細なデカダン大伴家持（やかもち）の、遠いあこがれをそそるものとして、遠つ神のような光輝を放って消えてゆくからである。

しかし、人麿の歌のうち、天皇の行幸を讃える晴れやかな長歌は二首のみで、あとは、旧都の址を弔い、あるいは貴人の殯宮を歌い、あるいは反逆の王子を偲び、あるいは妻の死を嘆く、悲傷の調べに充たされている。彼はどちらかというと、祝寿のためよりも、哀悼のために招かれたように見えるのである。傑作の名が高い近江荒都の歌よりも、しかし、私はそのような行幸の讃仰歌のうちに、人麿という詩人の、一個人ではない、集団的感情の詩を読むのである。

　吉野の宮に幸しし時、柿本朝臣人麿の作る歌

やすみしし　わご大君の　聞し食す　天の下に　国はしも　多にあれども　山川の清き河内と　御心を　吉野の国の　花散らふ　秋津の野辺に　宮柱　太敷きませば　百磯城の　大宮人は　船並めて　朝川渡り　舟競ひ　夕河渡る　この川の　絶ゆることなく　この山の　いや高知らす　水激つ　滝の都は　見れど飽かぬかも

　反歌

見れど飽かぬ吉野の河の常滑の絶ゆることなくまた還り見む

*

やすみしし　わご大君　神ながら　神さびせすと　吉野川　激つ河内に　高殿を
高知りまして　登り立ち　国見をせせば　畳づく　青垣山　山神の　奉る御調と　春
べは　花かざし持ち　秋立てば　黄葉かざせり　逝き副ふ　川の神も　大御食に　仕
へ奉ると　上つ瀬に　鵜川を立ち　下つ瀬に　小網さし渡す　山川も　依りて仕ふる
　神の御代かも

　反歌

山川も依りて仕ふる神ながらたぎつ河内に船出せすかも

——ここには個人的感懐は何一つ語られていず、古代歌謡よりも、さらに非抒情的である。安定した古代国家の光輝が、たまたま、詩と政治、しかも詩と平穏にして整然たる統治との一致を成就したのであるが、ここにおける詩は、かつて倭建命や軽王子の詩が神人分離の嘆きのうちに、詩の源泉として汲み取った、あのおそるべき兇暴な神的な力からは、すでに隔てられている。詩はそのような兇暴な源泉から力を汲み取ることを禁じられるにいたった。以後、詩がこうした源泉へ遡るには、恋を辿ってゆくほかはない。そして、「わご大君」の光輝は、名誉と栄光の表象として、遠いあこがれの定型化したものとして現われるにいたるのだ。このような距離による聖化が、却って辺境の誠実な感情を触発するにいたる経過を、私は巻一と巻二十の間に読むのであるが、これは又、古事記下巻における民衆の勃興、政治に対する民衆的意見の不定形な参与が、一つのあこがれや、清澄な統制的感情へ、醇化されたことを物語っている。

人麿の吉野宮御幸の歌は、その第一首が滝の都そのものの讃仰であり、第二首が山川草木が神ながら「わご大君」に仕える自然そのものの使命の讃仰である。

詩が自然を統制し醇化し、詩がはじめて自然をして自然たらしめ、こうした手続によって所与の存在を神化する作用、そのために宮廷詩人は招かれていた。彼はあたかも建築家のように機能していたのだった。すなわち、吉野の宮の高殿の建築が、四周の野山や河川を、「依りて仕ふる」ものとして利用したことは、あたかも人麿が詩の見えざる建築によって、言葉を以て、これらの自然の意味を発見し、その自然の使命を確認したことと照応するものだった。ここでは、自然は言葉によって輝やかしく定立され、自然の或る美しさの発見は、ただちに、その美が、神的な使命に充ちたものであるというように讃仰されたのである。これこそは、詩による、言葉による、充ち足りた統治であった。このことの自然な結果として、宮居が統治者の死によって見捨てられれば、同じ山川草木が、荒廃と悲傷の詩的媒体になるのである。

人麿という詩人は、古代世界で、言葉を感情から引き離し、はじめて詩的言語を何ものかの定立のために用いた人だと思われる。もちろんそこには喜悦の感情はあったが、「あな、さやけ、おけ」のような野性的な激しい喜悦とはちがって、しずかなつつましい喜悦であり、讃仰こそはこの言葉の職分だった。それだけに、人麿は、言葉の伝達作用の偉大を認識し、辺境にまでいたる光輝の伝播には、詩的言語にまさるものはないことを知っていたのである。この見えざる建築のおかげで、吉野の宮の可視的建築は、思いもかけぬ高殿となって天に屹立(きつりつ)し、国のどの隈々(くまぐま)からも仰ぎ見られるものになった。いわば人麿の詩は、言葉によって、物象の可視の光輝を拡大し、これにオプティカル・イリュージョンを与え、そこへ行ってみなければ見られない吉野の宮と、これを囲む自然の清寧の美を、万人のものとしたのである。

防人の歌が、はるかの辺境から、この光輝を仰ぎ見ていたとすれば、私が人麿の歌と防人の歌を連結させようという意図は明らかである。そこではじめて、神聖なものとの間の遠近法が生じたのだ。

巻二十の防人の歌。

天平勝宝七歳乙未二月、相替りて筑紫に遣はさるる諸国の防人等の歌。

㈠「畏きや命被り明日ゆりや草がむた寝む妹無しにして」

㈡「わが妻はいたく恋ひらし飲む水に影さへ見えて世に忘られず」

㈢「大君の命畏み磯に触り海原渡る父母を置きて」

㈣「天皇の　遠の朝廷と　しらぬひ　筑紫の国は　賊守る　鎮への城そと　聞し食す四方の国には　人さはに　満ちてはあれど　鶏が鳴く　東男は　出で向ひ　顧みせずて　勇みたる　猛き軍卒と　労ぎ給ひ　任のまにまに　たらちねの　母が目離れて　若草の　妻をも纏かず　あらたまの　月日数みつつ　蘆が散る　難波の御津に大船に　真櫂繁貫き　朝凪ぎに　水手整へ　夕潮に　楫引き撓り　率ひて　漕ぎゆく君は　波の間を　い行きさぐくみ　真幸くも　早く到りて大君の　命のまにま　大夫の　心を持ちて　あり廻り　事し終らば　つつまはず　帰り来ませと　斎瓮を　床辺にすゑて　白栲の　袖折り反し　ぬばたまの　黒髪敷きて　長き日を　待ちかも恋ひむ　愛しき妻らは」

㈤「今替る新防人が船出する海原のうへに波な開きそね」

㈥「防人の堀江漕ぎ出る伊豆手舟楫取る間なく恋は繁けむ」

(七)「水鳥の発ちの急きに父母に物言ず来にて今ぞ悔しき」
(八)「筑波嶺のさ百合の花の夜床にも愛しけ妹ぞ昼も愛しけ」
(九)「今日よりは顧みなくて大君の醜の御楯と出で立つわれは」
(十)「天地の神を祈りて征箭貫き筑紫の島をさして行くわれは」

――そして私は、これらの十首に加えるに、大伴家持が、「防人の情と為りて思を陳べて作る歌一首」、いわば優雅な宮廷の抒情詩人がフィクションとして作った一首を、対照の面白さのためにあげておこう。

「大君の　命畏み　妻別れ　悲しくはあれど　大夫の　情振り起し　とり装ひ　門出をすれば　たらちねの　母掻き撫で　若草の　妻は取り附き　平けく　われは斎はむ　好去くて　早還り来と　真袖持ち　涙をのごひ　むせひつつ　語らひすれば　群鳥の　出で立ちかてに　滞り　顧みしつつ　いや遠に　国を来離れ　いや高に　山を越え過ぎ　蘆が散る　難波に来居て　夕潮に　船を浮け居ゑ　朝凪ぎに　舳向け漕がむと　侍候ふと　わが居る時に　春霞　島廻に立ちて　鶴が音の　悲しく鳴けば
はろばろに　家を思ひ出　負征箭の　そよと鳴るまで　嘆きつるかも
海原に霞たなびき鶴が音の悲しき宵は国方し思ほゆ

家おもふと寝を寝ず居れば鶴が鳴く蘆辺も見えず春の霞に」

巻二十の夥しい防人の歌は、当時四十歳前後で、京にあって、兵部少輔の役に就いていた家持の許へ進達されたものであるが、家持は職業柄、これらの歌に触発されて、これを模して右の一首と短歌二首を作ったのである。

家持のこの歌を手前に置いて、彼方に防人の歌を置くと、濾過された文学的言語というものが、切実な感情をいかに模し、それをいかに別なものに変えるかという典型的な実例が透かし見られる。実はここに、のちの古今集の発想の源があり、歌からは「切実な感情」の粗野が避けられて、むしろ歌は、切実な感情を表現するには自ら切実な感情を味わってはならない、という古典主義のテーゼへ導かれてゆくのである。

家持の長歌は、本当の防人の歌に比べて、はるかに整然とし、はるかに「詩的」である。それは生な感情を精錬し、いわば製鉄工場のような機能を果している。詩の世界において、原料を輸入し、精製して第二次製品とする新らしい機構が発明されたのだ。そしてかつて国の中枢にあった原料供給地は、はるか辺境へ遠ざかったのであった。

それが万葉集全般とはことなった、全く新らしい文化意志に基づいていることが、家持自身によってどこまで自覚されていたかは定かでない。よかれあしかれ、それは、夥しい相聞歌を挟んで、人麿の歌と防人の歌とが遠く相呼応している万葉集の文化意志からは、すでにはみ出したものであった。

防人の歌に杳(はる)かにかすかに尾を引いている記紀歌謡の、あの倭建命の「強いられた抒情」の姿は、家持においては、もはや、意志的な抒情に変っており、しかも抒情が意志的であるということは感情の矛盾であって、抒情は意志的であればあるほど、人工性を増し、本源的な力を減殺される。芸術的な完成度を別とすれば、かくて防人の歌は強く、家持の歌は弱い。なぜなら家持はもはや「運命」を持たぬからであり、防人の歌のそこかしこに煌(きら)めいている、古い倭建命の面影の片鱗すら、家持の歌には失われているからである。もちろん防人の歌における倭建命的なものは、ずっと従順な、ずっと素直な、ずっと人間的な要素であるが、なおそこには、

「吾(あれ)既に死ねと思ほし看(め)すなり」

という根源的な嘆きが底流していたのである。このような正統性をすでに逸した以上、家持は別のところに、新らしい正統性を打ち樹(た)てねばならない。

防人の歌㈠㈡㈢の妻や父母に対する恋は、㈣の長歌に集約されているが、いうまで

もなく、これらの女々しい未練は、長歌の「顧みせずて　勇みたる……任のまにまに」等の男性的決意を前提にしてゆるされるものであり、いかめしい巌からしみ出る清水のように、防人たちは、こうした抒情の発露が、運命的なものに強いられてのみ可能になることを知っており、その条件下に於てだけ「詩」が成立することを認識していた。いわばそれはもっとも素朴な詩のライセンスだった。かれらは自分を詩人として登場せしめるものが任務に源し、自分たちは「偶然の詩人」であり、しかも悲傷と抒情の源を、人麿の打ち樹てたあのような光輝の讃仰に見ていた筈だ。あの喜悦こそ、自分たちの栄光と悲傷の源なのだった。そして「顧みせずて」「任のまにまに」という決意が、逆説的に強いる感情の言挙げに、詩を発見していたかれらは、近代人の解釈のように、そこに人間性（！）を自己発見していたのではなかった。人間とは、かれらにとって、勇躍し、同時に、悲傷に陥る存在だったのであり、このような人間を全的に洩れなく表現しうる機能が、歌の持つもっとも重要な機能なのであった。

従って、㈤㈨㈩のような、防人の歌全体のなかでむしろ頻度の少ない男性的決意そのままの表出、その単純剛健な感情こそ、実は防人の歌の基調だったのである。これらの歌の背後には、人麿の定立した「高知る」吉野の宮が燦然と聳えている。「今日よりは顧みなくて大君の醜(しこ)の御楯(みたて)と出で立つわれは」は、かくて防人の歌を代表し、十二世紀後の今日も人々の口に愛誦される真の古典になったのである。

*

古代において、集団的感情に属さないと認められた唯一のものこそ恋であった。しかしそれがなお、人間を外部から規制し、やむなく、おそろしい力で錯乱へみちびくと考えられた間は、(たとえば軽王子説話)、なおそれは神的な力に属し、一個の集団的感情から派生したものと感じられた。このことは、外在魂(たまふり)から内在魂(みたましずめ)へと移りゆく霊魂観の推移と関連している。万葉集は、巻二、巻四(全巻)、巻八(春、夏、秋、冬の相聞)、巻九(巻八と同じ)、巻十(巻八と同じ)、巻十一・十二(古今相聞往来歌類上下)、巻十三(相聞五十七首)という風に夥しい相聞歌を載せている。相聞は人間感情の交流を意味し、親子・兄弟・友人・知人・夫婦・恋人・君臣の関係を含むが、恋愛感情がその代表をなすことはいうまでもない。

記紀歌謡以来、恋の歌は、別れの歌であり遠くにあって偲ぶ歌であった。抒情の発生が「強いられたもの」であることは、序説にも暗示したが、強いるものが、外的な力であるか、内的な力であるかによって、恋愛歌の性格は異なってくる。さらに、作られたもの（古今集）へと、抒情は曲折して、冷たい完璧な古典主義へと到達するのだ。

外的な力とは、自然の諸力であり、運命であり、さらには任務（任）であった。内的な力とは、自分の内部に自覚された衝動が、自己の存在の秩序を破壊し、外部へさまよい出そうとするのを感じることである。人間が内的な衝動を見出す時期は遅く、見出してからも、久しくそれは外的な力の反映と見られるのであった。しかも、純然たる内的な衝動も、その昂揚は、必ず外的な事情による別れや距離的隔絶によってもたらされることを、人は知るにいたった。相聞歌の文化意志は、このようにして発生したと見るべきであり、人はかくて、外的な事情によってのみ、内的な魂の燃焼を経験するということを、一つの文化体験としたのである。

神的な力は、ここに通路を見出すようになった。すなわち、別離と隔絶に、人間精神の醇乎としたものが湧き上るのであれば、統一と集中と協同による政治（統治）からは、無限に遠いものになり、政治的に安全なものであるか、あるいはもし政治的に危険な衝動であっても、挫折し、流謫されたものの中にのみ、神的な力の反映が迫ると考えられた。政治的に安全なものとは、女性の情念であり、あるいは忠誠の疑いない一兵卒の情念であり、挫折したものとは、政治的敗北者である。われわれは、ふしぎなことに、太古から、英雄類型として、政治的敗北者の怨念を、女性的類型として、裏切られた女の嫉妬の怨念を、この二種の男女の怨念を、文化意志の源泉として認めてきたのであり、成功した英雄は英雄とみとめられず、多幸な女性は文化に永い影を引くことがなかった。政治的にも亦（また）、天皇制は堂々たる征服者として生きのびたのではなかった。いかに成功した統治的天皇も、倭建命以来の「悲劇の天皇」のイメージを背後に揺曳（ようえい）させることによって、その原イメージのたえざる支持によって、すなわち日本独特の挫折と流謫の抒情の発生を促す文化的源泉の保持者として、成立して来たのである。

さて、相聞歌は、非政治性の文化意志の大きな開花になった。それは、統治が集中的になればなるほど、そして、「万葉集」のような文化的集大成が行われれば行われるほど、この求心性に対して、つねに遠心力として働らき、拡散と距離と漂泊を代表した。その心は宮廷人の裡（うち）にすら、何か身を漂い出る魂の不安としてとらえられた。恋が、彼らを、不安な、未聞の堺へ連れ出せば連れ出すほど、そこには幽暗の国に対する懐郷の念（おも）いが生れた。人々はすでに、感情の巨大な力を知ったのである。

万葉集は、人が漠然と信じているような、素朴で健康な抒情詩のアンソロジーなのではない。それは古代の巨大な不安の表現であり、そのようなものの美的集大成が、結果的に、このはなはだ特徴的な国民精神そのものの文化意志となったのである。それなくしては又、（文化に拠らずしては）、古代の神的な力の源泉が保たれない、という厖大な危機意識が、文化意志を強めたと考えられる。のちにもくりかえされるように、一時代のもっとも強烈な文化意志は、必ず危機の意識化だからである。

「万葉集」は、かくて、人麿と防人の歌に代表される求心性と、相聞歌に代表される遠心性との、渾然たる融合にもなり、又、この両者の緊張関係の上に成立つ最後の橋にもなった。それは又、公的なものと、私的なものとが、詩において分裂してゆく危機の全的表現でもある。「古今集」におけるがほど、公的なものは安堵して背後に身を隠してはいない。長歌の衰滅と共に、歌における公的なジャンルは衰退するのであるが、一つの衰退は、同時に、文化に対する政治の安堵と、緊張関係の消滅を意味している。感情の巨大な力は、「万葉集」に於てはなお、このような集大成が必要とされるほどに、怖れられていたのである。われわれは今日、このような古い畏怖を読みとる力を失っており、それは又、こうした畏怖に基づく文化意志の性質をも誤認させるもとになっているのだ。

「秋の田の穂の上に霧らふ朝霞何処辺の方にわが恋ひ止まむ」（巻二・八八）

この磐姫皇后、すなわち仁徳天皇の皇后であり、日本文学史のもっとも重要な主題である「嫉妬」の、古代における最初の、又、最大の体現者であられた皇后の歌が、「万葉集」の第一期にあらわれているのは、相聞歌というものの運命を暗示している。

　これは相聞というには対象の不鮮明な、情念そのものの不安を描いた歌であり、嫉妬はいつもそのようにして皇后の心を苦しめたにちがいないからだ。皇后は情念からの解放を夢みている。しかしその解放は叶えられない。従ってそれは歌の形に凝縮せざるをえなかったのである。

　芸術行為は、「強いられたもの」からの解放と自由への欲求なのであろうか。相聞歌のふしぎは、或る拘束状態における情念を、そのままの形で吐露するという行為が、目的意識から完全に免かれていることである。「解決」のほかにもう一つの方法があるのだ、ということが詩の発生の大きな要素であったと思われる。その「もう一つの方法」の体系化が、相聞だったのである。

　それにしても、この歌は美しい。沈静で、優雅で、嫉妬に包まれた女性が、その嫉妬という衣裳の美しさに自ら見惚れて、鏡の前に立っているような趣がある。自己に属する情念が醜くかろうなどとは、はじめから想像もできない、という点では、女性は今も昔も変りはしない。そして、言葉が言葉の上にかろやかに重なり、イメージがおのずから憂いをつもらせ、そこに一人の悩める女の姿を描き出すことで、磐姫皇后は、卓抜な自画像の画家であった。しかしそれは、何ら客観視を要しない肖像画であり、皇后は、一度も自分の情念を、客体として見ているわけではないのである。

情念にとらわれた人間にとって、解決のほかにもう一つの方法がある。しかもそれは諦念ではない。……これが詩、ひいては芸術行為の発生形態であったとすれば、「鎮魂」に強いて濃い宗教的意義を認め、これを近代の個性的芸術行為と峻別しようとする民俗学の方法は可笑しいのである。表現と鎮魂が一つものであることは、人間的表出と神的な力の残映とが一つものであることを暗示する。それはもともと絶対アナーキーに属する情念に属し、言語の秩序を借りて、はじめて表出をゆるされたものである。しかしこれを慰藉と呼んでは、十分でない。それは本来、言語による秩序（この世のものならぬ非現実の秩序）によってしか救出されないところの無秩序の情念であるから、同時に、このような無秩序の情念は、現世的な秩序による解決など望みはしないのである。相聞は、古代人が、政治的現世的秩序による解決の不可能な事象に、はじめから目ざめていたことを語っており、その集大成は、おのずから言語の秩序（非現実の秩序）の最初の規範になりえたのである。人はこの秩序が徐々に、現世の秩序と和解してゆく過程を「古今和歌集」に見、さらにそのもっとも頽廃した現象形態として、ずっと後世、現世の権力を失った公家たちが、言語の秩序を以て、現世の政治権力に代替せしめようとする、「古今伝授」という奇怪な風習に触れるであろう。そして「古今和歌集」と「古今伝授」の間には、言語的秩序の孤立と自律性にすべてを賭けようとした「新古今和歌集」の藤原定家のおそるべき営為を見るであろう。

「風をだに恋ふるは羨し風をだに来むとし待たば何か嘆かむ」（巻四・四八九）

という鏡王女の作る一首。

万葉集の相聞をひたすら素朴な恋歌と考える先入主は捨てなければならない。すでにこの一首には、古今集の先蹤である「理」があらわれている。

この「理」は、単なるサロン風の理智的な技巧ではない。近世芸能におけるクドキにまでいたる源流が、古代相聞歌のこうした「理」の要素にある、というのが私の考えであるが、それはいわば、恋愛における説得の技術なのである。あくまで女性的論理によるこの説得の技術は、女たちが恋愛感情の無秩序と非論理性の中から発掘した最初の知的な技術であった。

鏡王女は、心の無風状態を愬（うった）えているのであるが、この無風状態は、拘束によって起り、拘束は恋によって与えられたのである。風はすなわち自由を意味する。恋に縛られた心の鬱屈がもたらすこのような無風状態は、そのまま置けば、無限の泥沼に転ずることはあきらかであるから、言葉によって振起するほかはないのであるが、その言葉による振起自体が、理による説得と訴えの調子を持っている。このような論理に対抗できる男は一人もいないことは明らかであるから（いかなる男が女性的論理に対抗できよう！）、従って論理的に言って、男は情を以てこれに応えるほかはあるまい、という読みがある。この読みは必ずしも正確でないかもしれないが、歌は万分の一の確率に向って、クドキをかけるのだ。相聞歌における理智的要素は、このようにして生れたのである。

「恋ひ死なむ時は何せむ生ける日のためこそ妹を見まく欲（ほ）りすれ」（巻四・五六〇――大宰大監大伴宿禰百代（だざいのだいげんおおとものすくねももよ）の恋の歌）

このような端的な恋歌が、しかし万葉の相聞に多く散見するものである。

「大和へに君が立つ日の近づけば野に立つ鹿も響(とよ)みてそ鳴く」(巻四・五七〇――大典麻田連陽春(あさだのむらじやす))

何というパセティックな別れの予感であろう。別離の兆はすでに野にみなぎっており、鹿の声もこの兆に感応を受けてゆく。その野がやがて空虚なものとなることは自明であり、今をつかのまの野の輝きがあふれている。喪失に先立つ喪失の予感が、すでに遠ざかった者への憧憬よりも、詩を成立たせることを知った時、奈良朝の文化は爛熟(らんじゅく)を知ったのだった。

巻八からはじめて季節に託した相聞があらわれ、この四季別の相聞が、巻九、巻十とつづいている。ここに相聞は、はじめて体系化への道を歩むことになる。現世の秩序に規制されない情念が、はじめて自然の秩序と折合うようになった。四季の推移が与える歓喜と哀傷は、恋愛感情との対比においてとらえられ、人々は、すべての感情が循環することを学び、一定不変のものはこの世になく、時の徐々たる経過が、癒(いや)し手(て)となって働らくことを知る。この残酷な癒し手こそ、これが極点と思われたあららしい情念の、唯一の美的形式であることをさとるのである。

「この頃の恋の繁けく夏草の刈り掃(はら)へども生ひしく如し」（巻十・一九八四――よみ人しらず）

類歌性が顕著になり、それと共に、「よみ人知らず」の歌が多く集められていることれらの巻において、この「夏草」の恋歌の一例は、こうした消息をよく示している。恋は繁く心を悩まし、刈れども刈れども生いしげって、心を休ませない。しかもその夏草は、単なる比喩ではなくて、季節によって制約されているものなのだ。夏草の心象は、かくて、四季別の相聞の、ふしぎな無名性と共に、相聞歌のサロン化、美的形式化を暗示しているのである。

第四章　懐風藻

家持の死に先立つ八世紀半ばに編まれたわが国最古の漢詩集「懐風藻」は、外来文化の幼稚な模倣として、万葉集に比べて軽視されていたが、このような舶来文化に全的に身を委(まか)せた詩業のアンソロジーは、それが単に流行や時世粧(じせいそう)であったといわばいえるが、或る外来の観念を借りなければどうしても表現できなくなったもろもろのものの堆積を、日本文化自体が自覚しはじめたということにおいて重要である。

はじめそれはもちろん一種のダンディスムだった。ダンディスムは感情を隠すことを教える。それから生な感情を一定の規矩に仮託することによって、個の情念から切り離し、それ自体の壮麗化を企てることができる。漢文による表現が公的なものからはじまったのは当然であり、公的生活の充実が男性のダンディスムを高めると共に、ますますそれが多用されたのも当然だが、政治的言語として採用されたそれが、次第に文学的言語を形成するにいたると、支那古代詩の流れを汲む「政治詩」の萌芽が、はじめて日本文学史に生れたのだった。

しかし「離騒」以来の慷慨詩の結晶は、「懐風藻」においては十分でなかったのみならず、はるかはるか後代の維新の志士たちの慷慨詩にいたるまで、その自然な発露の機会を見出すことができなかった。きわめて例外的に、又きわめてかすかに、それが窺われるのは「懐風藻」の大津皇子の詩である。

その数篇の詩に、「離騒」のような幾多の政治的寓喩を読むことも不可能ではないが、私はこれを読み取ろうとは思わぬ。しかし、ひとたび叛心を抱いた者の胸を吹き抜ける風のものさびしさは、千三百年後の今日のわれわれの胸にも直ちに通うのだ。この凄涼たる風がひとたび胸中に起った以上、人は最終的実行を以てしか、ついにこれを癒やす術を知らぬ。遊猟の一見賑やかな情景の中にも、自然の暗い息吹は吹き通うている。恋によく似て非なるこの男の胸の悶えを、国風の歌は十分に表現する方法を持たなかった。外来既成の形式を借り、これを仮面として、男の暗い叛逆の情念を芸術化することは、もしその仮面が美的に完全であり、均衡を得ていれば、人間感情のもっとも不均衡な危機をよく写し出すものになるであろう。それはあの怖ろしい蘭陵王の仮面と、丁度反対の意味を担った仮面なのだ。

　七世紀後半のこの叛乱の王子は、天武天皇の長子であった。顔も肉体も逞しく、器宇は大きかった。幼年にして学を好み、博覧にして能く文を綴った。成長するに及んで武を好み、剣のよい使い手になった。不羈奔放な性格だが、士を迎えることは厚かったので、慕って集る者が多かった。あるとき卜筮に明るい新羅の僧行心という者が、皇子の相を見て、「この骨法は到底人臣のものではない。これほどの人相を持って永らく下位におれば、却って身が危うかろう」と言った。皇子の叛図を抱いた一因はここにあった。皇子は盟友河島皇子に裏切られて、その密告によって捕われ、死を賜わった。時に年二十四。

「懐風藻」にのこる皇子の詩はわずか四首であるから、左にそのまま引用しよう。

　五言。春苑言に宴す。一首。

衿を開きて霊沼に臨み、目を遊ばせて金苑を歩む。澄清苔水深く、晻曖霞峰遠し。驚波絃の共響り、哢鳥風の与聞ゆ。群公倒に載せて帰る、彭沢の宴誰か論らはむ。

（五言。春苑言宴。一首。

開衿臨霊沼。遊目歩金苑。

澄清苔水深。晻曖霞峰遠。

驚波共絃響。哢鳥与風聞。

群公倒載帰。彭沢宴誰論。）

　五言。遊猟。一首。

朝に択ぶ三能の士、暮に開く万騎の筵。臠を喫みて倶に豁矣、盞を傾けて共に陶然なり。月弓谷裏に輝き、雲旌嶺前に張る。曦光已に山に隠る、壮士且く留連れ。

（五言。遊猟。一首。

朝択三能士。暮開万騎筵。

喫臠倶豁矣。傾盞共陶然。

月弓輝谷裏。雲旌張嶺前。

曦光已隠山。壮士且留連。）


七言。志（こころばへ）を述ぶ。一首。

天紙風筆雲鶴（うんかく）を画（ゑが）き、山機霜杼葉錦（さんきさうちよえふきん）を織らむ。

（七言。述志。一首。

天紙風筆画雲鶴。山機霜杼織葉錦。）


五言。臨終。一絶。

金烏（きんう）西舎に臨（て）らひ、鼓声短命を催（うなが）す。泉路賓主（ひんしゆ）無し、此の夕（ゆふべ）家を離（さか）りて向かふ。

（五言。臨終。一絶。

金烏臨西舎。鼓声催短命。

泉路無賓主。此夕離家向。）

……表面上これらの詩句には、皇子の激越な性格を暗示するようなものは何一つない。すべてはディレッタントの教養の遊び、文飾のたのしみに費やされているように見える。それは一つには心緒をありのままに述べるほどに外来語を駆使するにいたらず、形式上の規矩と、古典主義の美的範疇（はんちゅう）にとらわれすぎていたからともいえよう。しかし、或る詩篇が生み出されるときの感情は、どんな規矩をとおしてもにじみ出る筈であり、鑑賞者の側から見ても、大津皇子の伝記的事実を先ず知って読むと、詩句の風趣が別様に匂い立って来るのである。

「遊猟」の一首には、男性的なたのしみが躍動している。その愉楽の表現を一そう男性的なものとし、その荒々しさにシンメトリーを与えるために、六朝詩（りくちょうし）の形式が援用されたのだった。それは軍隊の規律や礼式の成立のように、暴力が詩に到達するための不可欠の手段だった。「朝に択ぶ三能の士、暮に開く万騎の筵」という詩句には、皇子の行動に賭けた青年らしい意気が溢（あふ）れている。と同時に、素朴にはダンディスムが、現実には比喩が、風土的なものには舶来のよそおいが、所与のたのしみには或る遠い美的理想へのなぞらえが、遠心力として作用している。このような、或る範例に準拠しようという教養の要請と、自分の行動を通じて異国の英雄像に同化しようという遠い憧れとは、一人の青年の裡（うち）に於て、（一つの文化の裡に於ても亦（また））、見分けのつかぬものになっていた。文化はなお古今和歌集に見るごとくひたすらな求心的な動きに集中するほど熟してはいないのだ。

この青々とした早期の未熟と、大津皇子の運命とには、一種の抒情的な符合が感じられるので、さればこそ、「月弓谷裏に輝き」などという一句に、いいしれぬ叛逆の孤愁がひらめくのである。

私が大津皇子を重視するのは他でもない。皇子に於て、その英雄的心情は詩に、その相聞の私情は歌に、その公的な感慨は詩に、その私的な情念は歌に、そして事敗れた英雄が死に臨んだ絶命詞としては詩に、一方、心やさしい詩人のこの世の自然に対する訣別の表明としては、「百伝（ももづた）ふ磐余（いはれ）の池に鳴く鴨を今日のみ見てや雲隠（がく）りなむ」という歌に、という風に、外来の詩的形式と国風の詩的形式を、感懐の性質に応じて使い分けた一青年の明確な意識が見られるからであり、そこには同時にその後のわが文学史を貫流する二元的な文化意志の発祥が窺われるからである。舶来と和風との単なる芸術上のジャンルの使い分けが、神人分離以後の、人間の自意識の証拠物件になり、ひいては、統治目的からはみ出した荒々しい叛逆的な魂の詩化を、外来文化の均整と装飾を借りてのみ、成就しうると考えた過渡期の詩人の魂が、そこに透かし見られるからである。

試みに万葉集巻二を繙いて、大津皇子の歌として残された、その巧みな、しかも直截にエロティックな、二首の相聞歌を見るがよい。

足日木乃　山之四付二　妹待跡　吾立所レ沾　山之四附二
大船之　津守之占爾　将レ告登波　益為爾知而　我二人宿之

相手の女石川郎女は、伝不詳であるが、正式に婚すべくもない「醜聞の女」であったようである。しかも二首の後者の歌では、皇子は、「世間に知られるものなら知られてみろ」と闊達に揚言しているのである。

因みに前者の「山のしづく」の歌に対しては、石川郎女は情感のあふれる美しい歌で、左のように応えている。

吾乎待跡　君之沾計武　足日木能　山之四附二　成益物乎

——これらにあらわれた大津皇子の、いかにも万葉的な、飾り気のない素朴な官能の直叙に比べると、「懐風藻」の皇子は、いかに一種の自己劇化のきらびやかさに包まれていることだろう。皇子の政治行為自体が、すでに荒魂の自然な発露としてではなく、このような外来文化による詩的壮麗化の手続を経ることなしには、又、自己英雄化というドラマタイゼイションなしには、発現しなくなっていたのではないかと思われる。

それは現わすことではなく隠すことだった。叛心を隠すという意味ではなくて、個を脱却して、一つの範例に身を託し、情念を超えて、英雄の普遍的心情に身を隠すことだった。「遊猟」の一首には、自ら募った壮士たちに囲まれて月弓の輝く谷に狩する凜々しい騎馬英雄の姿が描かれている。皇子はこのような男性的世界を表現し、且つ自らに納得させるためには、歌では不十分だと感じていたにちがいないのである。

果然その六朝風の臨終詩は、（朱鳥元年十月死を賜わったとき）、自らの短命を客観視して、いささかの抒情もなく、装飾もなく、悲傷もなく、栄光もなく、ただ死の完全な孤絶について歌うのだ。その絶命詞においては、西の辺(べ)の家をうすづく金烏(きんう)(太陽)があかあかと照らし、時を告げる鼓の声は短命を促し、あの夕狩の雄々しい賑やかな宴楽に引き比べて、主人も客もない死出のひとり旅へと、皇子は家を離れて向う。

しかし「万葉集」に目を転ずると、皇子の死は、二人の女性の情念によって、一方はその殉死の行為により、一方はその悲傷に充ちた歌によって飾られる。殉死したのは、妃山辺(やまのべ)の皇女(ひめみこ)である。歌を作ったのは同母の姉大伯(おおく)の皇女である。

朱鳥元年(六八六)九月九日、天武天皇が崩御されるや、大津皇子は、姉が斎宮(いつきのみや)をしておられる伊勢の神宮に下ったが、京に帰ると間もなく、十月三日に刑死した。その十一月十六日に、姉は京に還られて、弟の死を悼んで、尽きせぬ憾(うら)みを次のような歌に託した。これによれば、姉皇女は、京に来るまで、弟の死を詳(つまび)らかにしなかったのではないかと思われる。女の身にとって難儀なその旅は徒労に終ったのである。

神風乃(かむかぜの)　伊勢能国爾母(いせのくににも)　有益乎(あらましを)　奈何可来計武(いかにかきけむ)　君毛不レ有爾(きみもあらなくに)

欲レ見(みまくほり)　吾為君毛(わがするきみも)　不レ有爾(あらなくに)　奈何可来計武(いかにかきけむ)　馬疲爾(うまつからしに)

又、皇子の屍が葛城の二上山に移し葬られたとき、姉皇女はさらに次の哀傷の二首を詠んでいる。

宇都曽見乃　人爾有吾哉　従二明日一者　二上山乎　弟世登吾将レ見
磯之於爾　生流馬酔木乎　手折目杼　令レ見倍吉君之　在常不レ言爾

ふたたびこうして神に仕える古代女性の強い壮大な情念が、霧のように、大津皇子の生涯を、その文武の才幹にまかせて古代支那の教養と古代日本の荒々しい力を一身に融合せしめようとして果さず、若くして殺された皇子の生涯を、背後から包んでしまう。男性的営為は画餅に帰した。舶来の教養も青年の膂力も滅び、古代風な夢と自然と信仰とが、王子の葬られた二上山の山容を、生ける王子そのものに変容させるのだ。

武田祐吉氏はこの二上山移葬について、次のように論じている。

「何故皇子の屍を葛城の二上山の如き高処に葬ったかというに、その説明は無いが、皇子の神霊を畏怖したのでは無いかとも考えられる。高貴の人を高い山に葬ることは例があるが、それもその神霊を尊んでの事であって、刑死した皇子に対しても特にそういう思想を生ずるに至ったのであろう」

憧憬と抽象願望を二つながら癒やすことが、思うに外来文化の功徳だった。宗教を離れて、ただ文化的教養として舶載された外来文化は、こうした効用を以て、男性の消閑の具になった。そしてその大本は、統治機能の整備をその国から学んだことにはじまり、それが統治者たちの文化的教養をも規制するものになったのである。

支那文化によって、日本人は、男性の知的優越と統制的性格をはじめて学んだ。又、創り上げた民族文化を鳥瞰視する視点を得たのである。ところで、抽象観念というものは、統治にも、このような自己の客観視にも、必須のものであるとわかったときから、政治的言語と文学的言語は、ほとんど共通の有効性を支那文学に見出すようになった。

爾後明治大正にいたるまで、実に十二世紀の長きにわたって、支那古典文学哲学が男性の必修の教養になり、ヨーロッパの哲学用語も軍事用語も、すべて一旦漢語を濾過して日本人の頭脳や感情を占めるにいたる。単なる純官能的存在としての男性を脱却しようと試みた男は、その行動に於ても、思想に於ても、道徳においても、芸術においても、この日本の大地とは無縁な外来文化にたよる以外に、その表現の方法を見出すことがなかった。幕末の国学ですら、志士の漢詩による慷慨という「自然な」表現形式を駆逐するにはいたらなかった。そしてつい戦前まで、詩を書く人ときけば、漢詩人と考えて疑わない老人たちが、われわれの周辺に沢山いたのである。

これを裏からいうと、わが文学史は、男性の行動や理念のための言葉をほとんど発明しないで閑却し、ただ男性の行動や理念を、消失しやすい行動様式としてのみ美的に磨き立て、母国語の機能を、あげて女性的情操の洗煉に費やした、稀有の文学史だということができる。たとえば「女の嫉妬」という情念の表現の洗煉においても、わが文学史は千数百年の連綿たる持続を保っているのである。

問題を限定して、支那の詩文学から日本人がいかなる詩情を探り出したかは、返り点を使った日本的な読み下しという読み方の発明と無縁ではないと思われる。読み下し自体が一種の翻訳であり、原典の韻律はそれによって破壊され、或る舌足らずな翻訳文体のリズムは、そのまま日本語の文体として日本語の中へ融解されてしまう。漢詩がかくて、音楽化される極点が謡曲の文体である。

韻律は失われても、一そう美しい廃墟のように、構造とシンメトリーは残っていた。大体、支那原典から見れば、日本人の漢詩鑑賞は、廃墟の美の新らしい発見のようにさえ思われる。

大津皇子と等しく叛図を罪せられて死にはしたが、その齢すでに五十四歳で、決して短かからぬ生涯に、この世の栄華を味わいつくした長屋王は、その支那風の豪奢な宴遊、外国使臣をまじえた芸術的交遊、その悠々たる作詩、しかも倦怠をにじませた冷たい形式的な華麗な詩句等で、一世紀後（九世紀初頭）の漢風全盛の時代の、もっとも顕著な予兆をなす。

「景は麗し金谷の室、
年は開く積草の春。
松烟双びて翠を吐き、
桜柳分きて新しきを含む。
嶺は高し闇雲の路、
魚は驚く乱藻の浜。

激泉に舞袖(ぶしう)を移せば、
流声松筠(しようゐん)に韵(ひび)く。」

因(ちな)みに、金谷は晋(しん)の石崇の別荘の所在地であり、積草は長安の離宮にある池の名であるが、長屋王は、自らの佐保の邸を作宝楼(さほろう)と支那風に名付け、嘱目(しよくもく)の事物をすべて支那の豪奢の幻影をとおして眺めるのである。

景は麗し金谷の室、年は開く積草の春、……このような体言止の対句から、人はいかなる詩情を感じたろうか。それはこの場にないものに、まだ見たこともないものに、この場にあるものをなぞらえて、未見の典型にわが身をあてはめることであり、日本の古代詩が欠いていた左右相称の知的論理的美学に、一種の「言語の建築美」を発見し、なお且つ、日本語に一つの新らしい冷たい石や金属の響きを導入することだった。硬質の美が柔らかい日本語にはめこまれた。それは又、建築史上、はじめて石材による迫持(せりもち)の技術を外国から学んだようなものだった。模倣であろうと、月並であろうと、当時の知識人は、詩の知的方法論の重要性と、詩が厳密に知的作業であることを学んだのである。逆に言えば、このことは、国風の確立たる古今和歌集、殊にその序文の批評的性格のかげに、見のがすべからざる要素として隠れていると私は見る。これについては次章で詳述するであろう。

対句的表現によるシンメトリー自体が新らしい美の発見であり、詩のサロン化の大きな布石であった。やがてこれが国風暗黒時代ともいうべき平安朝初期の、純支那風な官吏登庸制度に基づく官僚機構のシンメトリーを用意するのである。すなわち詩を通じて、政治的言語と文学的言語は相補い、政治的言語は詩情を培い、培われた新らしい詩情は、さらに整然たる政治的言語の形成に参与するのであった。

第五章　古今和歌集

十世紀初頭の古今和歌集について語るには、このような勅撰集の成立をみちびいた光孝帝（八八四―八八七在位）と宇多帝（八八七―八九七在位）の御代（みよ）、又この両帝の文化意志に注目せねばならない。のみならず、こうした文化意志を促した九世紀全般について語らねばならない。

わが文学史上、九世紀はふしぎな時代だった。桓武天皇の平安奠都（てんと）にはじまるこの世紀は、外来文化による行政機構の整備と、藤原氏による姻戚（いんせき）政治の発展に特徴づけられ、その文学的成果として、「凌雲集」「文華秀麗集」「経国集」の三つの勅撰詩集が編まれている。

もちろん詩法は成熟し、「懐風藻」に比べて幾多の佳品を生んだ。しかし、一国の文学が一世紀にわたって、（別に軍事的占領をされたわけでもないのに）、外国語による模作の詩に集中したというのは異例の事柄である。しかもそれが勅撰という形で、文化政策的に推進されたのは、異例の事柄である。

日本文学史はそんな風に、久しきに亘って我を忘れることが何度かあるのだった。それは外来文化に対する政治的陶酔であると共に文学的陶酔であった。九世紀と十世紀を陶酔と覚醒という風に対照させて概括することができるとすれば、それは又、文学的陶酔による批評の喪失が、おのずから方法論と批評の機能を回復させ、古今集という醒めた詩の達成へみちびいて行った経過として、概観することもできる。

一時代の次の時代が、表面はいかに対蹠的に見えても、前の時代の胚種に負うていることは、十世紀初頭の復古のうごきが、藤原氏の専横に反抗したものの如く説明されながら、同時に藤原氏の門閥政治が、漢学による自由な立身仕官の道をふさぎ、ひいては漢学の衰退を促したという要因に負うていることにも見られるのである。

出世主義と陶酔がともすれば同義語であった時代として、われわれはすぐ近くに、明治の文明開化時代を持っている。九世紀はのろいテンポで行われたこのような啓蒙期であり、外来文化への陶酔を一種の自己放棄とすれば、日本人は多分、このような自己放棄と出世主義という自己保全や野心とを、ごちゃまぜにして同時に遂行する民族なのであろう。そしてその果てには、必ず幻滅と復古が待っているのである。

しかし文学史はこうした陶酔を通じて何事かを学んだ。すなわち詩における知的方法論と批評であり、それこそはあのように晴朗闊達、喜びにも悲しみにも溺れがちな万葉集の知らぬところであった。おそらく詩を、出世主義者の功利的な教養から剝離させたものは、詩心というよりは、形成された新らしい宮廷文化のディレッタンティスムとダンディスムだったのであろう。

人々は詩の知的制作過程を通じて、何が苦いか何が甘いかの、気むずかしい判断を競うようになった。法則を会得してしまうと、ひたすらニュアンスが重要になり、形式をわがものにしてしまうと、馨(かお)りや姿が大切になった。われわれは紀貫之の古今集序に、このような批評的権威の定立を見るであろう。やがてそれは、しばしばの歌合によってサロン的批評を富ませつつ、中世歌学の確立にまでいたるのである。

光孝天皇は御年五十八の崩御まで、両三年しか高御座に在しまさなかった。しかし仁和元年正月、天皇は貂裘の着用を禁じられ、また十月には、大宰府をして唐物私買を禁ぜしめたもうた。次の宇多天皇の寛平年中にいたって、遣唐使留学生の制度も廃せられ、この帝に重用された菅原道真は、次の醍醐天皇の御代に失脚する。道真の死の二年後、紀貫之等が勅撰和歌集として完成された古今和歌集を上るのである。

これらの片々たる歴史的事実にも、文化的自立の機運や門閥政治反対の動きが察知される。光孝、宇多、醍醐三帝によって、紆余曲折を経ながらも、復古と自立の文化意志が形成されてゆくのが窺われるのである。

紀貫之の古今集序は、戦闘的批評によって古典主義を成立させ、理想的な統治と自立的な言語秩序との照応を企て、「みやび」の現実化として勅撰和歌集の撰にあずかった者の自負と責任に溢れている。それは優雅な文章というよりは熾烈な文章である。

「やまとうたは、ひとのこゝろをたねとして、よろづのことの葉とぞなれりける。世中にある人、ことわざしげきものなれば、心におもふことを、見るもの、きくものにつけて、いひいだせるなり。花になくうぐひす、みづにすむかはづのこゑをきけば、いきとしいけるもの、いづれかうたをよまざりける。ちからをもいれずして、あめつちをうごかし、めに見えぬ鬼神をも、あはれとおもはせ、をとこ女のなかをもやはらげ、たけきもの丶ふのこ丶ろをも、なぐさむるは哥(うた)なり」

後になって新古今集の藤原定家が、「明月記」の中に「紅旗征戎非吾事(こうきせいじゅうわがことにあらず)」と書き誌した思想的な根拠、その信念の源泉は、おそらくこの「ちからをもいれずして、あめつちをうごかし」に在るのであろう。

この冒頭の一節には、古今和歌集の文化意志が凝結している。花に啼く鶯、水に棲む蛙にまで言及されることは、歌道上の汎神論(はんしんろん)の提示であり、単なる擬人化ではなくて、古今集における夥(おびただ)しい自然の擬人化は、こうした汎神論を通じて「みやび」の形成に参与し、たとえば、梅ですら、歌を通じて官位を賜わることになるのである。

全自然（歌の対象であると同時に主体）に対する厳密な再点検が、古今集編纂に際して、行われたとしか考えようがない。それは地上の「王土」の再点検であると共に、その王土と正確に照応し重複して存在すべき、詩の、精神の、知的王土の領域の確定であった。地名も、名も、花も、鶯も、蛙も、あらゆる物名(もののな)が、このきびしい点検によって、あるべき場所に置かれた。無限へ向って飛翔しようとするバロック的衝動は抑えられ、事物は事物の秩序のなかに整然と配列されることによってのみ、「あめつちをうごか」す能力を得ると考えられたのである。これは力による領略ではなくて、詩的秩序による無秩序の領略であった。この「無秩序」と考えられたものの中には、もちろん外来文化崇拝という魂の「あこがれ」と、そのあこがれの上に築かれた全行政機構が含まれていた。

実際、古代の不羈（ふき）な荒魂は、どちらの側により強い投影を揺らしていたのだろうか。それは秩序の担い手として新たに復活したのか？　いや、古今和歌集の成立と共に、日本の文学史の正統たる「みやび」からは、荒魂が完全に排除され、男性的特色はひたすら知的方法論と統治的性格に限定されたのであった。そしてそれすらも支那から学ばれた方法だというのが私の管見である。

文治の勝利がすなわち詩の勝利であり、「あめつちをうごか」す能力は、こうして定立された純粋な文化的秩序にのみひそむというドグマを、貫之の古今集序は、飽くことなく固執する。それは復古にはちがいないが、あくまで古典主義の確立であり、なまなましい危険な古代そのものの復活ではなかった。文化意志が自意識の果てに、ジャンルの限定を劃（かく）することを何よりも大切と考えたとき、このような日本最初の古典主義の文化意志は、「我」の無限定な拡大の代りに、「我」の限定と醇化という求心性の極致にいたるのである。古今集序が、地上における歌道の始祖を素盞嗚命（すさのおのみこと）に置いていることは、何か皮肉な感じさえする。

貫之は歌の六種の類別をのべたのち、いよいよ和歌の歴史の概観に入る前に、次のように現代を慨（なげ）いている。

「いまの世中、色につき、人のこゝろ、花になりにけるより、あだなるうた、はかなきことのみ、いでくれば、いろごのみのいへに、むもれぎの、人しれぬこととなりて、まめなる所には、花すゝき、ほにいだすべき事にもあらずなりにたり。そのはじめをおもへば、かゝるべくなむあらぬ」

『今の世の中は、人心華美に流れ、軽佻浮薄な歌ばかりに占められているから、「色好みの家」に人知れず潜行するものとなって、まじめな場所では口に出せるものではなくなった。しかしその始源を思えば、歌はこうあってはならぬ筈のものだ』というのが大意だが、この一節の前半と後半には論理的矛盾があるように思われる。すなわち、世間が浮華で人心が軽佻なら、浮薄な歌は世にもてはやされこそすれ、「埋れ木の人知れぬこと」となるべき筈はない。なるほど表立った場所で口に出しにくいものになったにせよ、実質は退屈な漢詩(からうた)を圧倒した筈である。たとえ儒教風な偽善が世間の表面を覆うていたにもせよ、近代日本で「軟文学」と呼ばれた小説のように、十分青年男女の歓迎するところとなった筈である。近代ジャーナリズムの発達がなかった時代のこととて、その流行の度合は知れているが、それでも、浮華な世相人心と浮華な歌とは、相扶(あいたす)けて隆昌に赴いたとしてもふしぎはなかろう。奇異なのは貫之がこれを非難して、あたかも猥雑な歌のように、「色好みの家」に秘めて行われた、と言っていることであり、貫之は儒教に味方をして浮華な世相を攻撃しているようでもあり、それなら貫之は公的な漢詩の支持者でなければ辻褄が合わぬように思われる。

　しかし、読み方を変えれば、次のようにもなる。即ち、「色好みの家に、埋れ木の、人知れぬこととなりて」という一行を、前後と切り離して読むのである。『世相人心が浮華になり、歌も軽薄になったから、（本当の歌は）、埋れ木のように色好みの家に隠れ伝えられて、公式の席上では表明すべからざるものになった』と解するのである。冒頭の「色につき」の「色」と、「色好みの家」の「色」とに、次元のちがいを読み取るのである。

　世間の表面上の浮華などとは関わりのない、由緒正しい、ひそかに伝えられた「色」

のほうに、貫之が正統性を見ていたとすれば、漢詩全盛の時代に抑圧されていた正統性とは、秘し隠されては「色」となり、あらわれては「みやび」となる、同一物を斥していたことになろう。古代の情念が私的な「色好み」にかつかつ保たれてきた時代は、すでに大津皇子の時代にはじまっていた。

しかし男性的な感懐は、のちに武士階級の勃興にいたるまで、日本文学史のうちに、正統性の根拠として呼び戻されることはなかった。古事記から万葉集にかけて、あれほど奔逸していた荒魂は、紀貫之の古代復活の文化意志からかえりみられることなく底流し、ついに後年、「優雅の敵」として、みやびの反措定として姿をあらわすことになる。荒魂は辺境の精神になった。荒魂が仮りに宿りを定めた漢文学も永住の棲家ではなかった。古今和歌集は、これを排除して、洗煉と美と優雅の中央集権を企てたが、文学史における都鄙の別は、この後さまざまな形で、千年にわたって支配的になるのである。

「色好みの家」は、古今集によって公的なものになる日を待ちこがれつつ、一世紀の闇をひたすら私的な伝承に費していた「色」と「歌」との家であった。それは地下水のような優雅であり、辛抱づよく復権を待っていたのである。優雅が切り裂く刃になり、外国風なこちたきシンメトリーを打ち破る日を。

さて、たまたま私は、この序が「歌の父母」とほめたたえている古代の二首のうち、母に当る「安積山」の歌に因む能「采女」を見た。万葉集巻十六の、

「あさか山影さへ見ゆる山の井の浅き心をわが思はなくに」

という有名な「采女の戯れ」の歌である。葛城王が陸奥へ派遣され、国守のもてなしが疎略だと気分を損ねられた折、采女という女が酒をすすめ、歌を詠んで、御機嫌を直したという故事にもとづくが、能を見ているうちに、私はこの辺境の抒情が、あれほど都市的な古今集の中で、かくも重んじられた理由を察したような気がした。

その国守の家こそは、おそらく「色好みの家」の源泉の一つなのだった。それは辺境が悉く荒魂の流謫の場所になる前の、或るエロティックな優雅の貯蔵所の夢を充たしていた。能の「采女」のシテはきわめて優雅で美しく、前ジテの紅入唐織も、後ジテの藤の文様を箔で置いた長絹も、時間のたゆたいにただ身を委せた表情の美しいメランコリックな小面を引立たせていた。そしてこの甚だ非演劇的な淋しい単調な長い一曲が、悉くただ、采女の美と優雅、心情の豊かさに捧げられていたのである。

貫之はこれらの伝承的な物語には寛容だった。「みやび」の原料生産地に対するた

しかな目が働らいていて、素朴で純良な原素こそ、いわば「真実」こそ、洗煉のもっとも本質的な要素だということを知っていた。彼はなおデカダンではなかった。家持と比べてさえデカダンではなかった。彼はただ「真実」が、それだけでは口に合わないことを知っていたのである。

従って古今集序の六歌仙批判の峻烈さは、同じ都雅なものに対する都雅な歌人の近親憎悪をよく語っていて、いわば内部の敵の容赦のない剔抉（てっけつ）であった。貫之の立場ならむしろ漢詩（からうた）の批判になるべきところを、これら歌道の半神たちの偶像破壊がこの序を激越なものに見せる一因である。

僧正遍昭（へんじょう）は、真実の稀薄な歌人と決めつけられ、「ゑにかけるをうなをみて、いたづらに心をうごかす」ような、芸術を材料にした二重の芸術、人工的な作物と評された。

在原業平（ありわらのなりひら）は、意あまって言葉の足らぬ、技巧的に未熟な、青臭い歌人と評された。

文屋康秀（ふんやのやすひで）は巧言令色のスノッブであり、宇治山の僧喜撰（きせん）はあいまいで構成力に欠け、小町のみが、決して強くはないが、古（いにし）えの衣通姫（そとおりひめ）の流れを汲む、美人憂色の風情があるとされた。

かだけが残されている。そしてその「姿」こそ、純粋に言語芸術の数学的厳密性にもとづく「語の配列」の問題なのだった。

語の配列のフレキシビリティーが、条件的仮定法に多く依存することは言うを俟たない。古今集の歌ほど、条件的仮定法が多用されている歌はないのである。それが万葉集の叙景歌のような目前の風景の直叙から、古今集をはなはだ相隔たる場所に置いた。歌は、現実の感懐を、仮定法によって更に強め、あるいは迂路に導いた。導くことによって音楽性を増し、あるいは陰翳を添えた。条件的仮定法によって、古今集の歌人は、これほどきびしく規定された現実の目前の花を、架空の夢幻の花へ転化するよすがを知ったのであった。

（但し、そういう操作による傑作は、古今集においてはなお乏しく、その完熟を新古今集に俟たねばならない。架空の夢幻の花の美しさは、却って、紀貫之の、次のような無技巧の簡素な歌によくあらわれている。

　やどりして春の山辺にねたる夜は
　　夢の内にも花ぞちりける）

私は春の遅いこの三月、青年たちと共にしらしら明けから三国峠を出て、ふりしきる雪の中を三国山系の稜線づたいに歩いた。林道の左右の樹氷ははなはだ美しく、どこまで行っても同じ樹氷の花の中をゆく道は、夢幻の裡(うち)をさまよう感を与えた。道すがら私は小枝を折って、これを眺めながら歩いた。小枝はあたかも体温計のように透明な氷の硝子(ガラス)に密封されていた。そしてその赤い目盛のように、氷の中で節々が赤く芽を張っているのが見られた。しばらく指の中でころがしていたけれども、氷は融けなかった。

「霞たち木(こ)の芽(め)も春の雪ふれば
　　　花なき里も花ぞちりける」

この紀貫之の歌は、いうまでもなく「芽を張る」を「春」に懸けたばかりの、一見概念的な歌であるが、あのふりしきる雪の「花なき里」では、目前の人の背嚢(はいのう)にかかる雪すら清浄で、一片一片(ひとひら)の雪が、それぞれことなる形の六花(りっか)を結ぶのまでつぶさに見えるくらいであるから、一切の現実的条件を省いてこれを詩化すれば、貫之の歌になってしまうのを私は感じた。断片的印象を避け、感覚の末梢的な戯れを捨て、誇らしげな神経の透徹力を放棄し、もしこの朝を「全体」として過不足なく表現しようとすれば、貫之の歌になってしまうのだ。誰がこれに最終的に抗することができよう。

詩が強いて隘路（あいろ）を通らねばならぬという要請がどこに在ろう。古今集が、又、紀貫之が狙ったものは、このような詩の普遍妥当性だったのである。

古今集では秩序と全体とは同義語だった。その全体には混沌は含まれていなかった。いや、はじめから混沌は「全体」から注意深く排除されていたのである。それにしても、全体を損ねるようなものを予（あらかじ）め排除して提示される全体、という矛盾した概念以上に、古典主義の本質をよく語るものがあろうか。

「雪のうちに春は来にけり　鶯のこほれるなみだ今やとくらん」

という二条の妃の、女らしい感情移入がもたらした美しい独創的なイメージは、古今集春歌のなかではむしろ異例であった。

藤原言直（ことなお）の

「春や疾（と）き春や遅きと聞き分かん　鶯だにもなかずもあるかな」

という一首や、

凡河内躬恒（おおしこうちのみつね）の

「春のやみはあやなし梅の花
　　色こそみえね香やはかくるる」

という一首にこそ、古今集の歌の特性が見られるのである。

前者は、散文訳をすればこうなる。

「春の早い遅いをその啼声から占おうにも、その鶯自体がまだ啼かないのだからなあ」

後者は、

「春の夜の闇はわけのわからぬものだ。梅の花の色ばかり隠しても、香が隠れるわけはないではないか」

前者ではまだ来ぬ鶯に力点が置かれ、後者では闇が隠すすべもない梅が香に重点が置かれている。いずれも自然に対してその願望を述べ、抗議を行い、理非を問い、そういう形で、まだ来ぬ鶯を待ち、闇夜の梅の香をたのしんでいる。現在ここにあるものは、鶯の不在であり、又、見える梅の花の色の不在である。しかるに、いくら抗議をし、いくら自然を非難したり嘲弄したりしても、これほど無駄なことはないことはよくわかっているのであるから、それはいわば無効性を承知の戯れであるが、それでもそういう迂路を経て抒情を表現するのが歌である、という文化意志からこれらの歌が発していることは明白だ。

作者は現在を歌っているのである。現在の物足りなさを、或るかすかな鬱屈を歌っているのである。鶯はまだ来ず、梅は香ばかりで色は見えない。現在はかように充たされていない。この充足されない感情は、しかし私情でもなければ、個性的な悩みでもない。「鶯」や「梅」は詩的王国において堂々たる官位を担い、概念を厳密に限定され、オーソライズされた公的存在になっている。従って歌人は、この公的存在の顕彰において、いささかの後めたさも持つ必要がないのである。その公的存在が所を得ないという嗟嘆（さたん）においては、無駄と知りながら、自然を非難するほかはない。「みやび」を解しないのは、自然が悪いからであり、歌人の責任ではないからである。詩的統治に服しないのは、自然の罪でなければならない。かくて歌は、抒情から出て告発の形をとる。あるいは、告発の形をとることによって、こうした公的な非難を自然に浴びせることによって、はじめて抒情的真実の表現を可能にするのである。これが古今集の抒情を生む心理的パターンだとすれば、自然が不如意であればあるほど抒情が高まるという法則が成立つであろう。

古今集が理の勝った歌集だという非難は昔からあるが、古今集における「理」は、告発的であっても完全に論理的であるとは言いがたく、告発者自身が、理の無効性を知っているのである。いわば愚痴であり、恨みつらみであり、理それ自体が感情の綾に包まれている。唯一の恃みは、このような理の依って来るところが公的なものだというだけである。

それではこれから公的なものが一切排除されたら何が残るだろうか。私的な問題から抒情を生み出す際に、古今集において正に抒情を成立せしめたところの心理的パターンだけは確実に残るだろう。たとえば「自然」を「男」と入れかえ、公的な告発を私的なルサンティマンと入れかえてみるがいい。いかにも理が勝ってみえる古今集の抒情の心理的パターーンは、後代、中世にいたっては謡曲のクドキに、近世にいたっては浄瑠璃のクドキに、そのまま伝承されるのが見られるであろう。

ここでも亦、公的な知的な方法的な要素は裏切られて、私的な女性的論理を代表するものとなり、女性的な情念は、その表現に、告発的抗議的な論理を装うものとなる。

――ふたたび古今集に戻れば、こうした抒情の逆説的法則によって、春歌のなかでも、佳品は、爛漫の春を歌ったものには少なく、なかなか来ない春を待ちこがれる歌と、逝く春を惜しむ歌とに多い。

「春霞たてるやいづこみよしのの
　吉野の山に雪はふりつゝ」（よみ人しらず）

「梅が枝(え)に来ゐる鶯春かけて
　なけどもいまだ雪はふりつゝ」（同右）

「春立てど花もにほはぬ山ざとは
　物憂かる音に鶯ぞなく」（在原棟梁(むねやな)）

「きみがため春の野にいでて若菜摘む
　わが衣手に雪はふりつゝ」（光孝天皇）

自然の只中にいて春を待つ思いを、今年も亦私は、三月一杯富士山麓にいて味わった。今年の春は特に遅く、たびたびの雪や烈風の中で、苦痛に充ちた春の難産に私は立ち会った。それは春という名がついているだけに、一そう耐えがたい峻烈さを帯びた。もし冬だったら、はじめからそれなりの覚悟があったであろう。そのとき私は「春」という名が古今集の歌人に与えたものの意味を肌から知ったのだった。名が理不尽の感じを呼び起し、春という「名」の秩序が、われわれの心を逆立てるのだった。

もし秩序がなかったら、何ら抒情の発想をもたらさぬものが、秩序の存在によって焦躁や怒りや苦痛が生み出され、それが詩の源泉になることを自覚するとき、われわれはすでに古今集の世界にいるのである。

しかし、やがて花は咲く。貫之が又しても実に古今集的な歌で、散る花を遠景の幻のように描く。

「春霞なに隠すらんさくら花
　散る間をだにも見るべきものを」

「山の桜を見て詠める」という詞書のついたこの一首は、下の句で、おのずから、遠山の桜が咲いてから散るまで日々目離れもせず眺めつづけて来た時間の経過を含ませている。霞にしてみれば、「こんなに見つづけたのだからもうよいだろう」というので、花を隠すわけである。しかしこちらには貪婪な目があって、散る間の最後の一瞬一瞬をこそ、さらに注視をつづけたいと願っているのだ。その心事を霞は解さない。

この一首のイメージは、遠山の散る花とこれを隠す霞との、あやうい断続感、危機、それから、霞が晴れている間はとめどもなく散りつづけている遠山桜のいいしれぬ静かな姿、あたかも他界の花を見るような隔絶感などによって、緊密に組み立てられている。

そして春歌二巻は、次のような反語的表現に充ちた「終末の歌」を以て終っている。

「けふのみと春を思はぬ時だにも
　　立つことやすき花のかげかは」（凡河内躬恒）

（春は今日でおわりだ。今日でおわると思わぬ春のさかりでさえ、花のかげは立ち去りにくいのに、まして今日、この春の最後の日には……）

古今集を論じて、巻第十一から第十五まで、五巻に亘る「恋哥」に言及しないでは、公平を欠くことになろう。私は四季の歌の重要性を声高に主張するが、恋歌こそ古今集の普遍妥当性の要請を大きく充たしたのである。

素性（そせい）法師の、伝聞の女に対する恋の歌。

「おとにのみきくのしら露よるはおきて
　　ひるは思ひにあへずけぬべし」

「菊」と「聞く」、「置きて」と「起きて」、「思ひ」と「思日（ひ）」、と何段にも懸詞（かけことば）を重ねながら、彫琢（ちょうたく）のあともなく流麗に歌い流されたこの恋歌の美しさ。

壬生忠岑（みぶのただみね）の、

「かすが野の雪まをわけておひいでくる
　草のはつかにみえしきみはも」

の清純。

紀貫之の、

「山ざくら霞のまよりほのかにも
　みてし人こそこひしかりけれ」

の優婉（ゆうえん）。

同じく貫之の、

「あふことはくもゐはるかになる神の
　おとにきゝつゝ恋ひわたるかな」

の簡素な大きさ。

よみ人しらずの、

「恋せじとみたらし河にせしみそぎ
　神はうけずぞなりにけらしも」

の清冽。

エロス（不充足の神）は、これ以上典雅になりえようもないほど典雅な姿をとるが、それが典雅でありえた要因は、いうまでもなくつねにエロスが、修辞法に包まれて、何ものかに託されているからである。恋の直叙はほとんどなく、いわば「顧みて他を言ふ」ことによってのみ哀切感をみちびき出す。「色好みの家」に伝えられた「色」は、ひとたび表てへ出て、出たばかりか文化の絶頂へ引き上げられたとき、秘し隠されていたときには持たなかった高度の羞恥をあらわし、この羞恥が優雅の核をなしたのである。

＊

われわれの文学史は、古今和歌集にいたって、日本語というものの完熟を成就した。文化の時計はそのようにして、あきらかな亭午（ていご）を斥（さ）すのだ。ここにあるのは、すべて白昼、未熟も頽廃も知らぬ完全な均衡の勝利である。日本語という悍馬（かんば）は制せられて、跑足（だくあし）も並足も思いのままの、自在で優美な馬になった。調教されつくしたものの美しさが、なお力としての美しさを内包しているとき、それをわれわれは本当の意味の古典美と呼ぶことができる。制御された力は芸術においては実に稀にしか見られない。

制御されぬ力と、制御の要のない非力との間に、ともすると浮動することを芸術は選ぶからだ。そして古今集の歌は、人々の心を容易く動かすことはない。これらの歌人と等しく、力を内に感じ、制御の意味を知った人の心にしか愬えない。これらの歌は、決して、衰えた末梢神経や疲れた官能や弱者の嘆きをくすぐるようにはできていないからだ。古今集の、たとえば「物名」の巻のような純粋な戯れは、深刻ぶった近代詩人の貧しい生活からははるかはるか彼方にあった。古今集全巻を通して、われわれは、いたましさの感情にかられることもなければ、惨苦への感情移入を満足させられることもないのである。

　文化の白昼を一度経験した民族は、その後何百年、いや千年にもわたって、自分の創りつつある文化は夕焼けにすぎないのではないかという疑念に悩まされる。明治維新ののち、日本文学史はこの永い疑念から自らを解放するために、朝も真昼も夕方もない、或る無時間の世界へ漂い出た。この無時間の抽象世界こそ、ヨーロッパ文学の誤解に充ちた移入によって作り出されたものである。かくて明治以降の近代文学史は、一度としてその「総体としての爛熟」に達しないまま、一つとして様式らしい様式を生まぬまま、貧寒な書生流儀の卵の殻を引きずって歩く羽目になった。

古今和歌集は決して芸術至上主義の産物ではなかった。歌として形をなしたものは、氷山の一角にすぎなかった。この勅撰和歌集を支える最高の文化集団があり、共通の文化意志を持ち、共通の生活の洗煉をたのしみ、それらの集積の上に、千百十一首を成立たしめたのだった。或る疑いようのない「様式」というものが、ここに生じたとてふしぎはない。一つの時代が声を合せて、しかも嫋々(じょうじょう)たる声音を朗らかにふりしぼって、宣言し、樹立した「様式」が。

次に私は、物語における文化の亭午について語らねばならない。その白昼とは、言わずと知れた源氏物語である。

第六章　源氏物語

私は物語の正午の例証として、源氏物語について語ろうと思う。だからまた、私の語るのは、源語の愛読者たちがその哀愁を喜ぶ「須磨」「明石」のような巻についてではない。汗牛充棟もただならぬ源語の研究書に伍して、五十四帖すべてを論じようとしたところで、甲斐があるまい。私はただ、源氏物語から、文化と物語の正午を跡づければよいのである。

人があまり喜ばず、又、敬重もしない二つの巻、「花の宴」と「胡蝶」が、私の心に泛(うか)んだ。二十歳の源氏の社交生活の絶頂「花の宴」と、三十六歳の源氏のこの世の栄華の絶頂の好き心を描いた「胡蝶」とである。この二つの巻には、深い苦悩も悲痛な心情もないけれども、あくまで表面的な、浮薄でさえあるこの二つの物語は、十六年を隔てて相映じて、源氏の生涯におけるもっとも悩みのない快楽をそれぞれ語っている。源氏物語に於て、おそらく有名な「もののあはれ」の片鱗もない快楽が、花やかに、さかりの花のようにしんとして咲き誇っているのはこの二つの巻である。それらはほとんどアントワヌ・ワトオの絵を思わせるのだ。いずれの巻も「艶(えん)なる宴」に充ち、快楽(ヴォリュプテ)は空中に漂って、いかなる帰結をも怖れずに、絶対の現在のなかを胡蝶のように羽搏(はばた)いている。

このような時のつかのまの静止の頂点なしに、源氏物語という長大な物語は成立しなかった。見方を変えれば、退屈な「栄華物語」のあの無限の「地上の天国」のくりかえしを、凝縮して短かい二巻に配して、美と官能と奢侈(しゃし)の三位一体を、この世につかのまでも具現し、青春のさかりの美の一夕と、栄華のきわみの官能の戯れの一夕とを、物語のほどよいところに鏤めることが、源氏物語の制作の深い動機をなしていたかもしれない。逆に言えば、もし純粋な快楽、愛の悩みも罪の苦しみもない純粋な快楽が、どこかに厳然と描かれていなかったとしたら、源氏物語の世界は崩壊するかもしれないのである。人はしばしば大建築の基柱にばかり注意するが、「花の宴」と「胡蝶」とは、おそらくその屋根にかがやく必須の一対の鴟尾である。源氏の罪の意識を主軸にした源語観は、近代文学に毒された読み方の一つではあるまいか。

何らあとに痕跡をのこさず、何ら罪の残滓をあとへ引かない、快楽の純粋無垢な相がこの世に時折あらわれることを知っていればこそ、源氏の遍歴は懲りずまになり、それを源氏は二十歳の時と三十六歳の時に知ったのだった。すなわち「花の宴」においては、自分の輝くばかりの青春の美の自意識に支えられ、「胡蝶」においては、この世に足らぬものとてない太政大臣の位と威勢に支えられて。源氏が美貌の徳に恵まれた快楽の天才であるということは、この物語を読むとき、片時も忘れられてはならない。

源氏物語の、ふと言いさして止めるような文章、一つのセンテンスの中にいくつかの気の迷いを同時に提示する文体、必ず一つことを表と裏から両様に説き明かす抒述、言葉が決断のためではなく不決断のために選ばれる態様、……これらのことはすでに言い古されたことである。紫式部が主人公の光源氏を扱う扱い方には、皮肉も批判もないではないが、つねに、この世に稀な美貌の特権をあからさまに認めている。他の人ならゆるされぬが、他ならぬ源氏だから致し方がない、という口調なのである。何故なら、源氏にさえ委せておけば、どんな俗事も醜聞も、たちどころに美と優雅と憂愁に姿を変えるからだ。手を触れるだけで鉛をたちまち金に変える、この感情と生活の錬金術、これこそ紫式部が、自らの文化意志とし矜持としたものだった。

それは古今集が自然の事物に対して施した「詩の中央集権」を、人間の社会と人間の心に及ぼしたものだったと云えよう。実際、藤原道長が地上に極楽を実現しようとしたことは、日本文学史平安朝篇に詳しい。

Ⅲ

「文芸文化」のころ

この出版のためには、私の「文芸文化」時代の話も、単なる少年時代の思い出話ではすむまいと思って、書庫の奥から、ようやく保存に堪えて来た十六冊の「文芸文化」をとり出して来た。これで多少は、文献的価値のある話ができようというものだ。決して自ら重んずるわけではないけれど、一つの歴史の資料として。

私と「文芸文化」との縁は、同人の一人清水文雄学習院教授の紹介によって、拙作「花ざかりの森」が連載されたときにはじまる。すなわち「花ざかりの森」は、昭和十六年九月号（第四巻第九号）から毎月連載され、四回つづいて、十二月号を以て終った。十二月号に載っている第四巻総攬によると、小説という区分けには「花ざかりの森」一篇しかないから、いかに異例の厚遇であったかがわかる。

私は満十六歳。三島由紀夫という筆名は、学生の身で校外の雑誌に名前を出すことを憚(はばか)って、清水教授と相談して、この連載が決ったときに作った。

私はこれが機縁になって、たびたび寄稿を許され、のちには同人の集まりにも出席するようになった。清水氏の純粋、蓮田善明氏の烈火の如き談論風発ぶり、池田勉氏の温和、栗山理一氏の大人のシニシズムが、それぞれ、相映じて、たのしい一団を形成していた。文壇的なことは一向わからなかったが、私は、自分の青くさい発言にまともに耳を傾けてくれる大人たちを得たことがうれしかった。ほとんど政治的な話は出なかったように思う。国文学のもっともあえかな（こんな言葉も当時流行していた）、もっとも優美な魂が、ここでは何ものよりも大切にされている、という印象を私は強く抱いた。外側から見て戦闘的に見えるかもしれぬ集団が、内部にやさしさを充満させている例は多々あることで、私はそのやさしさだけに触れて育ったのである。又、少年の私は礼儀を守っていたと思われるから、ひどく叱責されることもなかった。

今、「文芸文化」を繙(ひもと)いて興味があるのは、同人たちの折に触れた編集後記の発言である。なかんずく、後年はげしい右翼イデオローグの汚名を着た蓮田善明氏の、多少せっかちな、一本気な、しかし志すところの明白な「優美な」発言である。

その一例。

「いよ〳〵皇国思想について熱烈の論が燃え立つてゐる。しかしたゞ思想としての漢意排斥及び日本論は、なほ未だ漢意と目される。文学としてのやまとごころの大事さに思ひ至る時が真の皇国古意の開蕾である。私どもの用意してゐるのは、世上の思想論でなく、その文学のためである」（昭和十八年五月号・第六巻第五号後記—蓮田善明）

今の人には、真意を読み取りにくい文章かもしれないが、第六巻第十一号（昭和十八年十一月号）に、出征直前の蓮田氏が書いている時勢の論には、傾聴すべきものが含まれている。

それは「心ある言」という短文であるが、氏は、「万葉集巻四」の、大伴坂上郎女の歌、

「あしひきの山にし居れば風流無み吾がするわざをとがめたまふな」

他二首を引き、更に吉田松陰の言を引いて、真の憂国とは何かということを説いている。

「夷に説き俗に説くための合理ごとや争ひごとはいたづらに怯懦の事である」と蓮田氏は言う。「みやび」それ自身が夷俗をうつ心であるから、「みやびある」と

いうのがすなわち「こころあり」ということになり、郎女の別の一首、

「鳰鳥（にほどり）の潜（かづ）く池水こころあらば君に吾が恋ふる情（こころ）示さね」

の歌意も解けるのである。

私の大衆社会憎悪の念は、おそらくその根を、このような氏の教説に負うているのであろう。

「花ざかりの森」出版のころ

私のはじめて出した本は、国文学雑誌「文芸文化」や友人二人とやっていた同人雑誌「赤絵」に発表した短篇小説をあつめ、その一篇の名をとって「花ざかりの森」と題したもので、文芸文化同人および富士正晴氏の世話によって、七丈書院という書店から昭和十九年十月十五日という、戦争末期の大空襲直前に出た。当時出版社の合併統合が行われ、七丈書院は筑摩書房に合併され、たしか「花ざかりの森」は七丈の名で出た最後の本であったかと思う。この書店のあるじは終戦と共に四国の郷里に隠棲し、その後一度も会う機会がない。

私は学習院高等科を九月に出て、十月から東大法学部に入ったが、ここに集めた作品はすべて学習院時代に書かれたものであった。文芸文化の主幹であった蓮田善明氏が、「花ざかりの森」を激賞してくれ、氏の友人の富士正晴氏が出版のためにいろいろ労をとってくれた。そのころは出版に要する用紙が統制されていて、用紙を申請する手続をとおして、言論統制が行われていたわけであるから、その申請書の出版目的という項に、私はいろいろと時勢に迎合した大ハッタリを並べたおぼえがある。当時から私はあんまり潔癖な青年ではなかったものの如し。

七丈書院は可成(かなり)趣味的な本屋で、装幀の贅沢もゆるしてくれ、学校の先輩の徳川義恭(よしやす)氏が光琳(こうりん)のつつじを模した扇面の原色版の表紙を作ってくれたが、今見てもきれいな印刷で、そのころでは屈指のぜいたくな本であったらしい。A5判に五号活字で組んで凝りに凝ったが、素人の悲しさ、本のカバーまでは目がとどかず、童話集みたいな童心ぶったカバーが出来上ってしまってがっかりした。

初版四千部を刷り、一週間で売り切れたが、再版を出せる時代ではなかった。当時私をまったく知らずこの初版本を買って愛読してくれた読者のなかには、はるか後年になって知り合った芥川比呂志氏などがある。

出版記念会のつもりで、世話になった方々を上野池ノ端の雨月荘に招いた。雨月荘は家の知合で、そのころ表立っては出せない御馳走を並べてくれ、お客もめずらしい支那料理を喜んでくれた。清水文雄氏、栗山理一氏、徳川義恭氏、七丈書院主人などがお客であったと思う。

印税は、一冊五円（すでにインフレが進行していた）の一割分をもらったわけであるが、金をもらっても買うものがなく、神田で古本を買いあさり、浄瑠璃や歌舞伎台本を蒐集した。そののこりの金で、妹に、香蘭社で小さな花瓶をいくつか買ってやったが、妹はあまりうれしがらなかった。その妹も敗戦数ヶ月後に急逝した。蓮田氏は戦死し、徳川氏は病没した。……昨年私はこの徳川氏の思い出を、「貴顕」という小説のなかに書いた。

大伴黒主（おおとものくろぬし）は、「そのさまいやし」く、いわば「薪（たきぎ）負へる山人の、花のかげにやすめるがごと」くであり、多くの有名な歌人がいたけれども、「うたとのみおもひて、そのさましらぬなるべし」と貫之は評している。すなわち、都雅そのものが観念主義に陥って、「そのさま」、歌の本来的な姿を忘れたことを弾劾（だんがい）しているのである。

古今集を繙（ひもと）いて、まず巻一巻二の春歌上下百三十四首を読む者は、雪の下に春を待つ心から花散るころの惜春の詩情にいたるまで、あたかも襲（かさね）の色目のように、絶妙のニュアンスを以て、少しずつ重なり合い、透かし合いつつ、その重複部分がいつのまにか微妙にずれて行き、そのようにして早春がたけなわの春へ、やがて逝く春へと、正に自然の季節の推移そのままに移ってゆく、精妙きわまる編集に愕（おど）かざるをえまい。そのためには、表現も主題も用語もよく似た二首が撰ばれているのさえ、意味のある重複の効果を帯びている。春は正にこの二巻を、絵巻の中を過ぎるように通りすぎてゆくのである。

百三十四首の春歌の中で、もっとも頻出度の高い「花」という一語をとってみるだけでも、古今集の特色がわかる。すなわち花は、あの花でもこの花でもなく、妙な言い方だが極度にインパーソナルな花であり、花のイメージは約束事として厳密に固定されている。花についての分析も禁じられ、特殊化、地域的限定（地方色）、種別その他も禁止されている。ここには犯すべからざる「花」という一定の表象があり、「花」は正に「花」以外の何ものでもなく、従って「花」と呼ぶ以上にその概念内容を執拗に問うことは禁じられており、第一そういう問は無礼なのである。詩的王国の花は、かくて、かすかな金属的な抽象性さえ帯びて見えるけれど、それは決して人工的な造花なのではなく、あらわな「真実」の花なのである。それが真実であることが保証されている世界で、花を花以外の名で呼ぶことは、ルール違反であるばかりか、好んで真実を逸することになるのだった。

よろしい。そこで「花」の独創性は禁止された。歌の中に詠み込まれた花については、すでに歌人の個人的責任はないわけである。歌人はかくて安心して花をめぐる自分の感懐を歌うことになるが、ここでも感情の規矩（きく）は十重二十重に彼をしめつけている。春が来る前には春を待たねばならない。春が去るときには春を惜しまねばならない。詩的感情のこの法則性に背けば、歌は成立しない、というよりは、成立を許されないのだ。あとはいかにこの範例的な感情から、自分独特の感情の「姿」を救い出す

「花ざかりの森」のころ

上野池之端の思い出は、私のごく若い日の思い出と密接につながっている。それというのも、昭和十九年初冬、東京中を探しても料理らしい料理にお目にかかれない食糧難時代に、雨月荘の須賀氏の厚意で、処女出版の短篇集の出版祝賀の会を開くことができたからである。

当時私は満十九歳、その秋に大学生になったばかりであった。高等学校が本来三年制なのが、戦時特例で二年半に短縮され、それだけ徴兵猶予の期間が繰り上げられたわけである。

体が弱いだけで病身というわけではない私は、来年匆々(そうそう)、いつ来るかわからぬ赤紙を覚悟せねばならぬ立場にあった。そこへ、思いがけず、短篇小説集「花ざかりの森」を引受けてくれる出版元があらわれた。これは「文芸文化」同人の推薦によるところは勿論だが、直接には、富士正晴氏の奔走のおかげで実を結んだのである。私は何よりも、自分の短い一生に、この世へ残す形見が出来たことを喜んだ。

今読むと、この本は、少年らしからぬ隠遁趣味の強いもので、むしろ自分では、この本以後の戦時中の作品「中世」や、「中世に於ける一殺人常習者の遺せる哲学的日記の抜萃」のほうがよほど好きであるが、この本はこの本なりに、一つの情調で統一されていることは認められる。

その内容はともかく、戦争もいよいよギリギリ結着のところへ来て、光琳写しの躑躅の原色版の装幀で、いわゆる「不急不要」の本が出たのは、奇蹟的といえる事件であった。今考えても、何故あんな統制のきびしい時代に、あんな妙な本の出版が許可になったのかわからない。しかし、少くともその一斑は、私の「思想」にあったことは明白である。「花ざかりの森」は、横から見ても縦から見ても、「左翼の本」でなかったことだけはたしかだからである。

今でもときどき、戦争中あの本を買って、強い印象を受けたと言ってくれる人に会うが、芥川比呂志氏もその一人であった。本はこんな風に、思わぬ時、思わぬ所で、結縁を生ずるものだ。初版四千部が一週間で売切れたのも、新人の本としては異例なことで、よほどめずらしがられたにちがいないが、初版の紙さえ七丈書院が辛うじてストックで賄ったので、もちろん増版などのできる時世ではなかった。東京下町一帯の大空襲は、このとき四ヶ月後に迫っていた。

父は私の文学熱に終始一貫反対を唱えていたが、いよいよ兵隊にとられて死んでしまうとなると、ふびんになったのであろう。先生や先輩のおかげで、曲りなりにも一冊の本が出たことから、息子が世話になった方々へのお礼の意味からも、祝賀会を開いてやるのが至当だと考えたのであろう。そこで旧友の雨月荘主人須賀氏に相談して、須賀氏が侠気を出して、この会を実現させてくれたのである。

出版記念会といっても、今あるような大ぜいの人集めではない。最もお世話になっていた学習院の清水文雄教授や、「文芸文化」の他の同人や、装幀をしてくれた先輩の徳川義恭氏（今は故人となった）や、富士正晴氏がお客様で、私は母と共に主人役をつとめたとおぼえている。

灯火管制のきびしい冬の夜、奥まった雨月荘の一室で、灯下に先輩知友にはげまされた一夕の思い出があまり美しいから、私にはその後、あらゆる出版記念会はこれに比べればニセモノだと思われ、私のために催おしてくれるという会を一切固辞して、今日に及んでいるくらいである。

集った客はみな、当夜そこにいるべき重要な客のいないことを残念がった。それは「文芸文化」の指導者ともいうべき蓮田善明氏である。この本の上梓(じようし)をどんなにか喜んでくれたにちがいない蓮田氏は、すでに出征しており、九ヶ月後ジョホールバルで、通敵行為を働らいた上官を射殺して、ただちに自決するという運命にあった。

結局この会のお客の内、今にかかわらず交際をねがっているのは、清水先生御一人である。

料理については、当時どこにも見ることのできなかった大牢の美味で、こまかい品目はおぼえていないが、餓鬼のように夢中でパクつき、かすかに記憶にあるのは、前菜の好物の皮蛋(ピータン)やくらげを見て、

「へえ、日本にもまだこんなものがあるところにはあるんだなア」

と一驚したことである。

——戦後、池之端界隈の一部は戦災を免かれ、東大下の一劃(いっかく)だけは、ありし日の姿のまま残っていた。

私は生き永らえて、平凡な一大学生として、下校の際、池之端へ下りて、ぶらぶら歩いて、上野広小路から地下鉄に乗って帰宅するというコースをしばしばとった。二度と見られぬと思ったこのあたりは、いつしか日常の風景となった。この世の名残と思った祝賀会は、食糧難こそいよいよきびしくなっていたが、又何度でもくりかえされる可能性のあるものになっていた。私には昭和十九年のあの一夕の私と、現在の私とが、同一人物であるということが、なかなか信じられなかった。

池之端は年毎に変った。ずっとあとになって、私は「宴のあと」という小説の一章で、ここを背景に使おうと思ってスケッチに出かけ、かつての雨月荘のあたりを眺めて、自分の青春が決定的に去ったという思いに胸をふたがれた。

古今の季節

古今集を繙(ひもと)くごとに、ひとしほつよく感じられるのは、古今の歌人たちが季節にむかふその姿勢である。後年俳諧が生れ、それがひとつの作法として季題といふものを設けはじめたころ、歌のはうの季節はいつか軽んじられはじめてゐた。さうしてこんにち俳句の約束としていはれる季題は、俳句特有の季感のためにも、なくてはならぬ道具といふほどでもなく、たゞ約束のための約束にちかいやうなかたむきすらあるのである。まして昨日今日の御時世には、季節のうつりかはりなぞを、ぼんやりとながめくらす人も少からうから、幾百年へだたつた古今歌人の季感をさぐることは、われわれにとつて不可能事であるといつてもよいかもしれぬ。……

それにしてもわたくし共とて風流のおもひを顚沛(てんぱい)のあひだにさへわすれなかつた

人々の子孫である。さうした戦陣の中、生死の堺に風流をおもつた人々のこころざしを、つい前(さき)の時代のひとたちはジェステュアだの自己満足だのといつて片附けてしまつたけれども、けふのやうな耀(かがや)かしい時代のわたくし共は、もう一度そんな気短かな批評を考へなほし、訂正してゆかねばならぬだらう。またこのやうな時代でこそ、風流のおもひのそこに、きびしく清らかにながれるものを、探り当てることができるのではないだらうか。われわれが古き世の歌人たちの心を、うづもれた書物のなかにまさぐらうとするのは、そんな心がまへからに外ならない。

王朝にさかえた日記類をよんだ人々は、あの時代の社交界とでもいふものに、たとへばルイ王朝やヴィクトリア王朝の花やかさをとかくみいだしたがる傾きがある。尤(もっと)もこんにち異邦の文物になれた目でさうした作物(さくぶつ)をみるときには、時としてルイ王朝そのまゝなけばけばしい花やかさが、平安朝の社交界にもそつくり映つてゐるやうにおもはれる。けれどもそんな日記なり物語なりをいくたびも心しづかによみかへしてゐるうちに、かれらはいままでとんでもない錯覚に陥つてゐたことにこゝろづくにちがひない。極言すればそれは人々がかつて到達し得た、もつとも荒涼たる世界である。凡人たちはそれはルイ王朝そこのけの栄華に酔うてもゐただらうし、凡庸な恍惚感にひたり切つてゐたこともできたであらう。だが少しでも卓れた人々は、――かの仏蘭西王朝にすら無常のにほひをたたへた「クレエヴの奥方」の作者があらはれたが、もつと意識され、もつと高度に――みながみな荒涼とした場所にひえびえとめざめてゐた。まして日記物語類の作者は、十中八九さうした心境を経験しつくしてゐたのだ、と云つてもあやまちではあるまい。例をひいてみれば、「好者」といふ一語のしめすふかい意味、その上に建てられた、「好者」となづけられる人々の像は、かれらこそこのやうな世の風潮をいちばんにあざやかに見知つてゐたひとびとであることを、物語をとほしてわたくし共に語りかけてくれるのである。更級日記なぞは、社交界の中心に出た人の記録ではないから不問に附するとしても、けふなほ奔放なはなやかさを謳はれる和泉式部の、かの女の日記の中にうつし出された日々の姿は、わたくし共のうつけた空想とはまるで反対なおそろしいほどひえびえとした寂しい姿である。あのやうに文化なり文明なりの咲き誇つた世の中でこそ、はじめて触れうる愁しみに触れた人の姿である。その叙景のすくない縷々と述べつゞけられた心理の目録にも、季節の色あひはつよくにじみ出てゐる。行文のところどころに花咲いた歌のかずかずも、季節のかをりがたゞようてゐるか、ときには季節へのおどろきからうかみ出てゐ

る。かうした事どもは、たゞ日本文学の特質、ひいては日本人の国民性といふやうな抽象されたこと葉で説かれてきたけれども、古今時代から糸をひいた季節のおもひは、なみなみならぬものがあるやうにおもはれる。ながい前置きのあとで、わたくし共は古今歌人たちの季節のこころに歩みよつてゆかう。……

＊

古今集にはじまつた季わけの編纂法は、まことにその時代のみが生み出しうるものであつたらうし、古今の巻々、季節の歌のかずかずに照らしあはせてみても、たいそういみじいものを感じさせる。古今歌人たちが季節を待つ姿勢は、「春まつこころ」なぞといふなまやさしいものではない。むさぼるやうにさへ見えるのである。ほんの一寸(ちよつと)季節のきざしがみえはじめると、切ないほどそれに向つてよびかける。さうしてこんにち我々が次の季節を待ちかねる気もちが、おほくはいまの季節に倦(う)みはじめてゐるからであつて、そのあとにくるものがたとへ苛酷な季節であるにもせよ、なかば変化をもとめるせはしない気分から一途(いちづ)に索(もと)めるのとはちがひ、古今歌人は花のさかりをはじめ、ものみなのさかえる季節に次々とあきることなくあこがれる。春ならば春を、ひたすらに待ち、それをせい一ぱいにうたひ上げ、また哀惜しつくしてから、すぐさま夏のうつくしさに目をむけるありさまは、いささか曲（きよく）がないやうにさへおもはれる。けれどもこの曲のなさに、わたくしたちは、なにか果てしのないやうなものを耐へてゐるかれらのまことの姿をみるやうな気がするのだ。待つといふよりも祈るといつた方がよいくらゐの、かれらの怺（こら）へかたには、来る日にそなへる無為な今日（けふ）はなくて、全身全霊にうたひあげられた至高の今日（けふ）がありはせぬだらうか。あしたを待つ意（こころ）は、むしろそれのかなたによこたはつてゐるのではないだらうか。それゆゑ、さうした歌の発想は、外目には季節を待ちその待ちつゝある目標（めじるし）に至高の意味をおいてゐるやうにみえるけれども、その実、待ちつゝある姿勢そのものを、いとも高らかにうたひ上げてゐるところに上なきいみじさがあるのではなからうか。そんな風にかんがへてゆくと、かれらが耐へ怺へたものは、さうした円満具足さであつたやうにおもはれる。次の飛翔をおもひ、いく段となくそびえる高みをあふぎながら、その場所にたへしのんでゐる姿勢といふものも、それに比べればよりたやすいことであるにちがひない。……それではかれらの円満をのぞむかにみえる「耐へ」がまことは円満そのものに耐へてゐるのであれば、季節の推移をひたすらに待つこころのうごきは、たゞ機械のやうな転移にすぎないのかと怪しまれもしよう。しかしそれは機械がをか

すことのできぬ高貴な領域であつたのだ。かれらはこの円満具足にたへるながい忍苦のみちに、あまりまぶしくて盲(めし)ひるほかはなくなつたみちに、ひとつのともし火をか丶げようとこころみたのだ。

「ちから(カ)をもいれずしてあめつち(天地)をうごかし、めにみえぬおにかみ(鬼神)をもあはれとおもは」せる歌の志は、このともしびによつて象(かたど)られた。素朴や奔放に「いのち」をあたへるすべをおほくの万葉歌人たちは知りつくしてゐたけれども、のつぴきならぬ具足のかたちに「いのち」をふきこむすべは、かやうにして古今の歌人がはじめてなしえたところであつた。この「いのち」を、かれらは古代のならひのまゝに、つとめて人為をもちひてあたへることをさけた。「神(かん)ながらに」さしいるべきひかりを待つた。季節はその「いのち」のみなもとである、ながれ、さかえ、花ひらくもののすがたとして、ひたすらに待たれた。人為のにほひをまじへぬために、季節のながれはいつもうごかしがたいもの、をかすべからざるものとしてゐがかれた。それゆゑに焦慮も亦(また)、具足のかがやきといのちの瑞々(みづみづ)しさとを以て歌として昇華された。古今の哥(うた)びとたちはそのやうな神さびた志のうちに季節をみつめたのである。古今のうた、のちの日記るいの歌、これらはいづれも王朝にはじめてうまれた、その季節のおもひにつらぬかれてゐた。……

＊

古今の季節といへばまづ月雪花（つきゆきはな）をあげるのが常道であらうけれども、それらをうたつたものには古来人口に膾炙（くわいしや）した名歌がたいへんおほくて、こんな小論文では手におへない気がするので、けふこのごろの初夏の候をあつかつたものについて述べてみよう。五月といふこと葉はなにか日本的といふよりはハイカラなものをもつてゐて、北欧の喬木林のみどりなぞがすぐ目にうかぶやうな気がされるのだが、そんなことを別にして、わたくしにはこの五月といふ季節が、気分のうへからも体のぐあひからも、別して佳い季節とおもはれる。稚（をさ）ないとき、武者人形をかざる台は、みな紫の布でおほはれてゐたのが、いまでも頭をはなれないとみえて、あの縁（ふち）のひかつた神話のやうな雲のたゞずまひをながめてゐると、すみきつた五月の穹（そら）いちめんに、あかるい紫の幔幕をちらとみたやうな幻覚におそはれるのである。五月に式日といふものはないけれども、そのかみの古びた講堂で式日のごとにあふいだ紫の幕、菊の御紋章をまつ白にそめぬいたあの幕は、いつかしら尚武の祭りのさはやかな匂ひをつけてあらはれ出てくるのかもしれなかつた。……

——古今和歌集巻第三夏哥の冒頭には、

　わかやとのいけのふちなみさきにけり
　　山ほとゝきすいつかきなかむ。

の一首が載せられてゐる。

上の句には「とゝのひ」の流れがある。朗々と大河のやうにながれつゝ一つのとゝのひをつくり出してゆく。かうした「とゝのひ」は破られるべく用意されたとゝのひである。手花火の玉があまたの光りの華になつてくだけるまへに、じゆうじゆうと煮えてゆくやうなあんなとゝのひである。それが「けり」で切れるとしづかに息をひそめてかなたをうかゞふやうな空間がほんの一寸(ちよつと)はさまれる。ここの空間は優雅な「待つおもひ」にあふれてゐるといつてよいだらう。そこへ「山ほとゝきす」の四、五句が嚠喨(りうりやう)とひゞきわたるのである。古今集夏哥の巻はこのやうにしてひらかれる。

……巻頭におかれた一句がすでに夏の景物でみたされてゐて惜春のおもひのうかゞはれぬこと、二首目の「あはれてふ」の歌が巻頭におかれずに一旦夏のかゞやきのあふれた歌のあとに雅(みやび)やかな省(かへり)みのすがたをみせてゐること、——一見矛盾したやうにみえるこの排列は、まことは古今を編んだ人の凡ならぬ腕前に讃嘆を余儀なくされるべきよすがである。ひとつの歌集の編纂を、音楽的な目でみることがゆるされるなら、この二首の並べやうには舞楽の典雅なあゆみ、あるひはその血統(ちすぢ)をひいた能楽の、ためらひがちな、月のやうな足どりをおもひおこさせるなにかゞあるにさうゐない。

「あはれてふことをあまたにやらし(じ)とやはるにを(お)くれてひとりさくらん」といふその返り花の一首のあとには、さつきまつおもひに充たされた三つのうたがならんでゐる。その待つおもひは回想やあこがれのほの明るんだかをりをたゞよはせながら、水草のみどりがました池のやうに澱(よど)んでゐる。待つ姿勢のうちに、あこがれや追憶が去来するのである。さうした姿勢は水のながれに身を撚(よ)られつゝ一もとの蓮(はちす)の、花ひらからとして蕾(つぼみ)をあでやかにふくらませるありさまにたとへたらよいだらう。……

夏は愕然とめざめるやうに訪れる。未来形でうたはれた夏は、進行形を踏まずして突如として過去形にかはる。

いつのまにさつききぬらんあしひきの※
山ほとゝき(ぎ)すいまそ(ぞ)鳴(なく)なる

――こゝからをはりから五首目のうたまで、いひかへれば夏哥のすべてにわたつて、ほとゝぎすのこゑのきこえぬときとてはない。はじめそれは花たちばな咲きみだれる緑こい夏山にいささかの悲愁もともなはぬ晴ればれとしたこゑでなきつゞける。しかしいつしかつきつめた凝視が、ものがなしい抒情のなかに高められてゆく。

　　やよやまて山ほとゝぎすことつてむ
　　　われよの中にすみわびぬとよ

厭離のこころが夏のさかりにめざめはじめる。「ものおもふ」日々はやがてほとゝぎすにも反映する。

　　なつのよのふすかとすればほとゝぎす
　　　鳴一こゑにあくるしのゝめ

　　なつやまに恋しき人やいりにけむ
　　　こゑふりたてゝなくほとゝぎす

　　ほとゝぎす人まつ山になくなれば
　　　われうちつけにこひまさりけり

——こゝにうたはれた恋のかずかずは、なにも失なはれた恋ではないのに、なんといふ哀情にみちてゐることであらう。「こゑふりたてゝ」とか「うちつけにこひまさり」とかといふ高昇のしらべが、けぶりのやうに空にとけいつてゐる。……

ほとゝぎすのうたのあと「雲のいづこに月やとるらむ」にも、彷徨に似たこころの昇華があつた。夏は来たときのやうな晴朗さを以てゆきすぎる。

なつと秋とゆきかふそらのかよひぢは
かたへすずしき風や吹覧。

もう襟もとをなでる風のすゞしきにおどろきながら、古今の人たちは雲の去来をじつとながめやつたのであらう。季節と季節とが、上下にゆきかふおほきなかゞやいた雲のやうに、おほどかにいれかはるのを見たであらう。雲のゆきちがつたあとの穹は、掃かれたやうに虚しかつた。その底びかりのしたうれはしい青をおびた往還に、人々は自分たちをいざなふすみきつたはかなさを感じたにちがひない。さうして秋風に目ざめた眼ざしは、もう次の季節にむかつて、果敢なまたこのうへもなく高貴な「待つ姿勢」を、とりはじめてゐたのである。

—一七・五・一一—

伊勢物語のこと

伊勢物語のやうな古典をよむと畏ろしくおもはれる。日本人にはたしかにああしたものを書きたい欲求があり、いはゆる小説家の神経では禁忌のやうになつてゐるだけのつぴきならず怖ろしいのである。日本の古典が伊勢物語一冊であつたら現代の小説家はみな紋れ死ぬであらう。雨月のやうな物語をかき、もつとあがきのとれぬ春雨物語といふ悲痛な小説をかいた秋成が、そのあとで癇癖談を書かねばならなかつた気持がわかるのである。あの戯文で秋成は救はれてゐるやうで救はれてゐない。深淵のやうでもあるがなにかはてしもない寂寞として広野に出てしまつたやうである。私はといへば彼が伊勢物語のパロディとしてあんな戯文をかいた彼の決意と発見に搏たれる。伊勢物語は突端まで到りついた人間の戯文である。あの物語には人生の危機がどつさりゐがかれてゐる。それがあれほどさりげなく書かれてゐるのがおそろしい。客観といふのでもなくましてや看過されてゐるのではない。たゞ日本の詩文とは、句読も漢字もつかはれないべた一面の仮名文字のなかに何ら別して意識することなく神に近い一行がはさまれてゐること、古典のいのちはかういふところにはげしく煌めいてゐること、さうして真の詩人だけが秘されたる神の一行を書き得ること、かういふことだけを述べておけばよい。

一八・三〇

うたはあまねし

「花になくうぐひす水にすむかはづのこゑをきけば生きとし生けるものいづれかうたを詠まざりける」といふ古今序のことぐさは「うたはあまねし」と私たちにをしへるこゑをきくやうである。私はちかごろ物象をかんがへ天のすがた地のいのちに思ひをはせると必らずかれらのなかの「うた」につきあたる気がしてならない。花がさくと「ああ歌がさいた」とおもひ夏の夜のひそかな灯火のしたにめづらかなやさしい紋様をもつた虫のおとづれをみてはちひさな歌がやつてきたやうにおもはれる。からつぶみにとかれる楽といふものともちがつてゐる。むしろそれをこえるものであらうか。かならずしも貫之がさうしたおもひで古今序の修辞をつゞつたとはいはれないけれど日本の風土にあくまでも「うた」を発見しつゞけようとした詩人たちは、けつして後世からわすれさられることはない。不朽の「うた」が風土のみならず日本の一木一草、生あるものないものを問はず、たとへば路ばたの小石にさへも、いつかは「うたはれる」すがたをしてみちわたつてゐることを豊かに心たのしくおもひながら、自らの「うた」のみにくさにほとほと困じはて丶、

菊

その菊にやどれる歌は
玉かぎり艶に重たく
青雲のたなびくそらへ
謐(しづ)けくも放たれたりや
そは祭日の匂ひもすなる秋のよき昼
憂へはた清くたばしり
色鳥も影をおとしぬ
ひともとの菊花のうたぞ
万物のうへにすみわたれる。

—一七・一〇・二〇—

寿

ことほぐといひ祝ふといふこと葉の源にはうとい私も、さうしたこと葉をとほして一すぢの綾糸が、けふまで久しく紡ぎつゞけられて来たことを、いつからともなく信じてきたのである。寿といふ一字にすら縹渺(へうべう)とした、しかもめでたくなつかしい美感がたち罩(こ)めてゐる。ほのかにのびやかな、仏教風な匂ひなぞをつゆもたないおほどかな世界である。あらゆる言挙(ことあげ)の拒まれる、花やかな賀の世界である。

梁塵口伝集(りやうぢんくでんしふ)のなかに

松の木かげに立ちよれば
千とせの緑は身にしめる
松が枝(え)かざしにさしつれば

春の雪こそ降りかゝれ

といふ今様がある。折にふれて私の口をついて出るこの類ひなく好もしいうたは、おそらく「千とせの緑」といふ一句をもつてある人々の癇にさはることゝおもはれる。松といへばすぐ千歳をかんずるやうな、こんな類型、こんな凡庸な詩心はないであらうから。ところが私のいひたい言挙の立場にたてば、「千とせの緑」はこの一篇の眼目であつて、春の雪の詩韻ははじめてそこに生かされてゆくのである。「千とせの緑」はすなはち「寿の世界」への宣言であり、その扉をひらく鈴のねである。松を千とせと呼ぶところに寿の世界はよびいだされる。詩の意味の微妙な、しかも絢爛たる拡張が神秘なたやすさと速さをもつてそこに成就されるのである。いひ方をかへてみるなら「寿の世界」は詩の極楽であつた。詩の営為のまへに大きい普遍な世界がわけもなく出現する。古今集の賀哥あたりからこの世界はそろそろ完成しだしてゐる。万葉末期から切なく高められていつたこころが、ある方角ではこんな並びなくたのしい世界のいとぐちをみいだしたのだ。万葉時代の、たとへば「つねにもがもな常をとめにて」などゝいふ歌は、寿といふ一つの世界を築きあげてゆくにはなかなかにほどとほい。それは暁の星のひとときは美しくまたたきはじめるやうに神が人々のゆくへになげかけたまうた、すみきつた希(ねが)ひのまなざしであつた。

平安時代からはぐくまれた世界といへば、仏教やからつぶみの移り香が、うたがはれるのは仕方もないが、私はひとまづこれを、隅から隅まで日本の世界と信ずるところに出発してみたいのである。寿といふ字も支那でつくられ使ひふるされ、そのうへ支那人の感覚の十分とぎすまされたこと葉でありながら、易に支配された文化や道教の神々の雰囲気と、この和やかにも美しい豊葦原(とよあしはら)の風土とをいくらかきびしく分けて考へ、日本に移された寿は「ことぶき」以外のなにものでもないと考へたい。寿といふ漢字の字面を全く日本のものとして扱ひたい。ジュと「ことぶき」、カクキと「つるかめ」のちがひだとしか云ひ様のないものである。

寿の世界の象徴ともおもはれるものに紅白の絞りの袱紗(ふくさ)がある。金沢の森八のまるい紅白の干菓子(ひぐわし)。その裏に寿と書かれた木の香ゆかしい盥(たらひ)。婚礼の島台。餅花。正月の福茶。枕に敷く宝船。国旗。けふわたしたちの身近にある寿の世界はこのやうに限られたものである。しかし松といひ鶴亀といひ松竹梅といふと古くしてひろい寿の世界はたちまち宇宙にあらはれる。なかにも謡曲の「翁(おきな)」の文句を、わたくしは寿の声だとおもふのである。

翁〽とう〳〵たらりたらりら。たらりあがりらゝりとう。地〽ちりやたらりたらりら。たらりあがりらゝりとう。翁〽所千代までおはしませ。地〽われらも千秋候はん。翁〽鶴と亀との齢にて。地〽幸ひ心に任せたり。翁〽とうとうたらりたらりら。地〽ちりやたらりたらりら。たらりあがりらゝりとう。千歳〽鳴るは滝の水。鳴るは滝の水。日は照るとも。地〽たえず滔たり。ありうとう〳〵。(中略)地〽そよやりちや。翁〽凡そ千年の鶴は万歳楽とうたうたり。また万代の池の亀は甲に三極を具へたり。……

また二、三の古典にのせられた「君をはじめてみるときは」といふ今様のしらべをきかれるがよい。

君をはじめてみるときは
千代も経ぬべし姫小松
おまへの池なる亀岡に
鶴こそむれゐてあそぶめれ。

近世になると寿の世界には、その時代の人々がおもひゐがいた幸福の象徴が、すなはち江戸町人文化の憧れであつた神仙めいた富貴への願望が、色こくあらはれてくるのである。七福神だの、千両箱や七宝をのせた宝船がこの世界に織りこまれてゆく。「鶴亀々々」なぞといふことばが、近世風の「はらへ」のまじなひに用ひられだしたのも、この時代であつたらう。このふしぎな禁厭は、寿の世界への信仰のあらはれとして私なぞには興ふかいのである。それにしても福禄寿や福寿草といふ物の名は、おもてに出た私（わたくし）ごころから寿の至純さをそこなつてゐるがにみえる。しかし今日ことぶきの世界の蔑（さげす）まれる原因となつたそれらの俗化をすら、私は一がいにしりぞけたくないのである。福とか禄とかはいはゆる個人主義風な世俗な憧れであることは申すまでもないが、それを寿の世界へはこびいれたことを、私は明治以後の拝金主義や唯物主義とは雲泥の差の、ひとつの唯美の精神の発露とさへ考へたいのである。これはあるひは浪曼風なことさらの空想の美化であるかもしれない。けれども私欲や拝金の卑しさを寿の世界はまことに駘蕩（たいたう）として浄化してゐる。その世界へ詣づることにより、富を増さうとはかつた虫のよい信仰も、かうした慰さめに似た安心、後めたいところのないおほらかさに触れてゐたゆゑとは、考へられぬことであらうか。この時代から縁起といふこと葉でうけつがれてきた神経質な生活感情のなかに、私はとほい昔、物語にせよ歌にせよ、すみずみまで王朝の色にぬりつめ王朝といふ雰囲気の整ひをけつして毀(こぼ)つことのなかつた平安朝の人々の、はるかな後裔(こうえい)をみいだすのである。

寿の世界の歴史は、その名の如く久遠(くをん)であり不朽である。これはゆゝしいことゝおもはれる。いままでことさらにふれまゐらせなかつた次のことどもにそれが基づいてゐるのは申す迄もない。

寿の発生はいはまくもあやにかしこいことであるが、至尊の千代をことほぎまつるところにはじまつてゐる。寿といふ豊饒な世界は、このことがたしかめられた時代に、はじめて完成のいとぐちを知るのである。これを私はだいたい古今集の賀哥の時代と考へたい。国歌「君が代」の原歌となつた

わがきみはちよにましませさゞれいしの
いはほとなりてこけのむすまで

或ひは素性法師の

よろづよをまつにぞきみをいはひつる

ちとせのかげにすまんとおもへば

又

わたつみのはまのまさごをかぞへつゝ
きみがいのちのありかずにせん
ふしておもひおきてかずふるよろづよは
神ぞしるらんわがきみのため

あるは僧正遍昭七十賀の賀歌の

かくしつゝとにもかくにもながらへて
きみがやちよにあふよしもがな

と唱ひあげた「君のやちよにあふ」といふやうな契（ちぎり）の美しさを今日の人々ははたして感じるであらうか。一人一人の長寿は公（おほやけ）のものとしてのみ展（ひら）かれる。さうした心情なしには寿の世界は打ち樹（た）てられるよすがもないことであつた。めいめいの寿が大君に参入することによつて神ぞ知るらんといふ寿の世界が花やかにうち展くのである。新古今集にしても定家卿の「わがみちをまもらばきみをまもるらむよはひはゆづれ住吉の松」をはじめ賀哥のかずかずは、まさしく古今賀哥の直系である。しかしまた遍

昭のうたとおもひあはせて李花集の宗良親王のおん歌

　君が代に逢坂までといそげども
　関の外なる身こそ老いぬれ

の慟哭のおんしらべに搏たれると共にけふの御代のめでたさに身をふるはすばかりのありがたさをおぼえるのである。

　明治天皇御集におかせられては、賀哥はまた君が代といはむより国の万代をちぎりたまうたものばかりであることも畏れ多いが、その御賀哥にせよ新年の御製にせよ、寿の世界の御統率者の御詠としてげにめでたさのきはみと拝誦する。

　とまれ私を慨かせるのは寿の世界が御歌所のおうたにのこつてゐるのみで、日頃詠みまた口吟む新派の和歌からは根こそぎにされてしまつたことどもである。およそみ民の生けるところに漂うてはなれぬはずの寿の世界が、明治以後の教育をうけた人の心にいつのまにか拭ひ去られたいきどほりである。しこの夷の学――すなはちヴィッセンシャフトでありサイエンスである学術にわざはひされたそれらの心は、宮廷への憧れの眼差につらぬかれた古へ人が、そこへ奉つたかずかずの賀哥の血脈を、おもんみるいとまのないばかりか、下に淀んだ俗化された寿の心情をも、むげにさげすみさつたその果てに、つひに寿の世界にふれることなしにあくせくと生涯を送るのである。あの縹渺としたまた馥郁たる寿の世界をいま私はふたゝびこの地上に招きよせたいのである。そのために、鶴亀とか松竹梅とか高砂とか、いまだに人々の生活感情のなかにのこつてゐながらそれらの言葉のもつ歪められた概念のゆゑに急速にふりすてられようとしてゐるこれら寿の世界の象徴を、迷信打破のよびごゑの心ない余波からうちまもりつゝ、今やあたらしい美学の立場に立つて復興させねばならないと考へるのである。それらがかつてもつてゐた高い地位にめざめることから、宮廷の鶴亀と民草の鶴亀とは、再び結びあふであらう。このやうにしてげに駘蕩たる賀と祝寿の霞のなかから、あらゆるものゝふの決意は一そううつくしく花ひらくにちがひないのである。けふ徒らにいきり立つたあらけない振舞に憑かれた人々を癒やすにはこのほかになにがあらう。かつて、ある物語の結尾に私は次のやうな一行をかいたことがあつた。「人々が神のやうにうつくしくやさしかつた日が、そんな風にしてふたゝび還つてくるかもしれない」――その日を招きかへすよすがとして今の私には寿の世界が唯一のものゝやうにおほらかにのぞまれるのである。

――七、一二、一八――

懸詞

かずおほいます鏡の微妙な配置によつてそのふしぎな艶美（えんび）な照応によつて、霊妙な美の世界へ導いてゆくところのそれは古雅にして永遠に瑞々（みづみづ）しくさはやかなひとつの歩廊である。この歩廊にふきかよふものは五月の、また花のさかりの、ものみながしづかに爽やかな命の瀬音をたてる、時は秋、紅葉（もみぢ）の梢（こずゑ）をふきぬけてくる風のかをりであらう。かうした歩廊はしばしば人を、期待のかすかな哀しみを以てみたした。歩廊の奥には悠久にかなしめる美の神のみ扉があつたのだ。懸詞（かけことば）をゆたかに用ひた文章は、まさにこの歩廊である。

言葉の花片（はなびら）の上に、更に一つの花片がおちる。花片のおもたさは羽二重の重みである。絹の、東方のわびしくして華麗な、そのすべての文化の象徴であるところの絹の重みと冷たさで蓋しあらう。古き王朝の女房たちが、肉体を包むものとしてでなく肉体そのものゝ雅な昇華の具としてまとつた衣類は、それらのおかれた建築や調度や、さま〴〵な和紙や扇の類や、そして季節と夜の明暗のなかで、しづかなさえかへつた間色を放つてゐた。油絵がかつて用ひてきた色の混和と重色ではない、あまたの色の衣をかさねて靉靆たる混色をうかべる。まことにやまとことばはげにもやさしい。蘆間をかよふさびしい水の、たとへば観世水のやうなしづかな水の、蘆の若根にいさようて立てる漣は、ひたすらに澄みしづまらうとする水面に立てる花やかな波は、かゝる方法を以てはじめて可能である。方法といふもおろかにあえかであらう。深紅と白とをあはせて薄紅桜のあらはれるさうした微妙な生理、かけことばにつゞられた優雅な文章こそ、それがそのままやまとことばの五彩の波なのである。

それはまた本朝に伝はる図案趣味の所産である。図案趣味は文学にあつては謡曲の文章のなかで極みに達した。中世の名が我々の琴線をかいならすあまたの調べのなかで、それはもつともいみじきなにかの、もつともたをやかなあるものゝあらはれだ。中世以前の美は美そのものゝ姿だつた。中世の長い厭世の時代のなかで美は美とさしちがへた。美同志の心中が、あらゆる河の面を曙にした。人々の心は河である。そめられたその紅ゐは美のふしぎな典雅な転身であつた。

近世——その図案趣味は、枯寂の趣をそなへては俳諧をなし、華幻の姿をよそへては浄瑠璃となる。かけことばは自らがもつ艶麗の性を以て浄瑠璃の文中にみちびき入れられた。近松門左衛門と近松半二はそれらの唯美の血をうけついだ人々だ。

現代の図案趣味は棟方志功氏の版画であらう。文人にしては鏡花小史。


懸詞を用ひぬ謡曲の道行文といふものが考へられるであらうか。能の演出のおそらくは根源のものと、それは花——あの世阿弥が神の心にふれて語つた「花」と、それを支へる蕚とのやうにかたくよりそうてゐる。あの動かぬ、動きのきはまりに泉のやうにあらはれる静謐を湛へた、能の象徴風な「旅」の表現は、道行文*のかけことばなしには考へられぬ。かけことばはすべて羅列に伴ふところの空間を優雅な意匠で埋めるのだ。この意匠——この中世風な刺繍には、人の世の心情や、うらさびた哀歓の絵巻が、しづかに美しく悠久に織られてゐる。

道行文（蓋しこれは懸詞の本領だ）におけるかけことばは、物名や歌枕やあまたの地名が有つてきた秘めやかな役割を、みやびな仕方で示してくれるのである。物の名や地名には人の世の、いひしれぬ古い思ひ出がある。ある地名はその二字、三字をみつめるときに、一巻の絵巻をひもとくよりも更にゆたかな物語と絵巻が、和やかに展かれるのを人は知るであらう。しかし人しれぬ地名もなかなかに美しい。未知の山川の、さまざまな未知の哀歓の間から、水のおもての泡のやうにぽつかりと浮み出たやうな物の名だ。船出の空にたゞひとひらのこつた夕映えの雲をみるやうに、人はひたすらにそれらの地名を恋うた。かけことばはかくて道行文をときあかすべき鍵である。それはまた単調につらなる意識の小川に花やかな波を波立たせる源だ。懸詞を用ひた道行文は歴史のもつとも美しい糸をえらんで織られてゐる。永久に屈折し変転するおそらくは二なき贅沢な幻の群衆である。

かけことばは天の橋立。神への繊美な橋。悠久な美に向ふところの橋。保田氏がいはれた「日本の橋」のなかでもつとも美しい橋。すなはちことばの橋。すなはち心の橋。……

その道行文を絵巻とすれば、懸詞こそは絵巻の霞であらう。すべての絵巻の正体は、あの一つの絵と次の絵とを、隔てるといふよりは融かし入れる、消しながら産んでゆく、あの模糊(もこ)とした曖昧(あいまい)の、匂ひやかな霞である。「絵巻即霞矣」もしさういふ経文の一行があつたとせよ、中世にこれ以上ふさはしい経典があるであらうか。――そして霞は、霞は時が花咲いたものでありながら、しづかな時空の、そのきはまりに咲いた久遠(くをん)のものだ。

羽衣も竹取も古き世の物語である。神々の物語はいふもおろか。……しかし今、神はなほ瑞垣(みづがき)のあたり星空の星あかりに、そこに立つ人の耳には気配がする。神はいかなる言葉をかたりたまふか。祝詞のことばをば尚さゝやきたまふであらうか。われらの心にうかぶそれが三つ、あるひは二つある。歌をのたまふであらう。枕ことばを用ひたまふであらう。更に一つ、かけことばを用ひたまふであらう。――だが、哀しくも今日おほかたの心にこの三つは久しく眠つてゐる。

＊「東京をいでゝ名古屋につきたり、こゝに一泊して京都に入れり」といふ文章で舞つてみたら如何なものであらう。

能役者は舞台の上をくるくるとすばらしい速さでとびあるいてゐなければならぬ。なぜと申せ、さうした文章にもし静止が伴へば、それはたゞの静止にすぎなくなる。――かけことばはこの静止に動を与へる源也。たとへばあの鼓の音。

―一八・四・三―

柳桜雑見録

○伊東静雄氏詩集「春のいそぎ」を誦（ずん）ず。未見の作でとりわけ鬼気に庶幾（ちか）いものを覚えたのは「百千の」や「かの旅」であつた。古王朝の物語には琴のめでたさあまつてそれら寝殿造の上に展（の）べられたしづかな夜空の星や月がうつとりとお互によりそふさまや、聴く人も満天の星の間（はざま）から弾き手へさしのべられる誘（いざ）なひに胸もをのゝき、その琴の音のかなたにある天の一つの絃を弾きやめんことを、艶やかな畏怖の内に待ちこがれてゐるさまなぞがしば〳〵ゑがかれてゐる。かういふ聴き手のまなざしを、しらず〳〵伊東氏の詩に向つて得てくることは晴れがましい。春の宴の神集ひの詩集がこゝでは春のいそぎと名付けられた。なぜなら詩人こそは祭りへの宴のいそぎを彩り、且つはいそぎつゝ怒り、いそぎつゝ哭（な）くための言葉を神から授けられた人たちであるから。詩のいみじい証しがそのいそぎの様態のたぐひない鬱情のなかに熟しつゝあるとき詩人の志は「誘はれる」。誘はれて志は芳醇に一層自らになる。「大詔」や「海戦想望」の自らさにはつひに今の世の詩人の何人もが敵し得なかつた。何故彼等は敵し得なかつたか。こゝに再び我々は春に向つていそぐべき径をみるのである。

○秋成のやうな作家が嘗てあつたことは我々にとつて最大の慰めであり最大の苦悩である。

○田舎源氏は江戸文化のロココである。棟方氏が写楽について述べてゐられるのをみて私は氏の目の酷薄なばかりの妖しい力に今更乍らおどろいたことがあつたが、国貞も亦写楽と並んで、写楽を緋牡丹の翳の佐美とすれば、国貞は大輪の白菊の妖麗として、江戸美術にいみじい双曲線をゑがいてゐた。国貞といふ画家の手にはひよっとすると、二三本余計に指がついてゐたのではないかと疑はれる作品が彼の版画のなかにいくつかある。

○古文のもぢりが少くなからうと博引旁捜はお門違ひだから姑く措けば、竹田出雲作「蘆屋道満大内鑑」の四段目、道行しのだの二人妻は得がたい名文。「行けば微かにゆふづく日、人顔さへもちら〳〵と、暮れぬさきより灯す火は、神の御灯かいや白菊の、花に露ちる秋の野か、あれこそ佐野に灯す火の、入江々々に網引の声」の一節などを見るから旅情を催すやうな、もののあはれの幾重にも焚きしめられた雅文であらう。因みに狐に関する近つ世ぶりの歌謡にはすぐれたものが多くのこつた。谷崎氏が「吉野葛」の琴唄や二十四孝狐火の段の岸野次郎三調といふ「きつねび」はその一つであるが、狐そのもののあはれぬ「稲荷塚狐会」といふ古い長唄に「蘭菊や小菊白菊小手鞠や寒菊、君を待つ夜はくる〳〵と車菊」云々とあるのは、「くる〳〵」の狐らしい艶な狂ひの調べが凡手でなく、詞のなかに狐なる字が一切使はれてゐないだけに、その朦朧さだけでも珍重して然るべき一しほの情趣を含むやうに思はれる。狂言の釣狐の狐はこれらとは大分へだたりのあるものであつて、過日木村富子女史が釣狐を長唄に直されたとき、近つ世ぶりの狐趣味と、中つ世ぶりの狂言式狐趣味との調和がうまくとれよう由もなかつたのを、是非のないことと思つた。

古座の玉石――伊東静雄覚書

その昔紅梅に淡雪のめでたくつもる夜すがらを火桶(ひをけ)に倚(よ)つて案じても案じても案じつくせぬ歌の苦しみに吐息はおろか涙さへ浮めながらまんじりともせず明かしたといふある高名な歌びとの逸話を以て象徴される新古今時代以後の詩人の歴史ほど一種妖しいやうな共感と悲しみとを我らから誘ひ出すものがあらうか。あれ以後の文学史は極端に云ふと何だか滅茶苦茶である。（気の早い人よ、どうか怒らないでお終ひまで聴いてくれたまへ）和歌が足を出して連歌がはやり俳諧となつて更に息長からぬものとなり芭蕉がキリストのやうなしかももつと高雅で激しい悲劇を背負つて生れ、和歌の方では実朝がひとり突飛にさうしていかにも寂しさうに（！）歌ひ出し、吉野朝の神の調べに織りなされた悲愴が花咲き、一方歌謡の伝統は多くの細流(ささながれ)を自分にあつめ謡曲といふ舞曲を作つて、幕府の馬鹿なパトロンたちの間でたゞ一人切なさうなつきつめた孤高の様子をしてゐる。(中近世の作者たちは悉く似たやうな寂しい目付をしてゐるではないか)——そして又、戦記だの方丈記だのと、源氏物語の幽霊は謡曲以外には影をみせなくなるやら、お伽草子で苦しくてゐたゝまれなくなつていろんな文学が書かれ、突如、秋成が天の河のあたりから星の雫でしとゞにぬれた痩せた白馬にのつてこの地上へ降りてくる。かれはお化けだの遊び人にだけなつかしい一瞥を与へてどこかへ行つて了ふ。門左衛門が生れる。等々。——血脈といふ考へ方に拠つてさへこれはまるで天才の世紀だ。天才の世紀といふのは歴史の「型式」として重要なのである。西洋の天才なる言葉には革命の匂ひもあれば、弁証法の匂ひもあるであらう。歴史の型式として天才出現の相をみることが西洋でどれだけ意味のあるものか知らないが、悠久の歴史についてみるとき大事なことだ。日本で天才といへば私はすぐ直毘霊のことを考へずにはゐられぬのである。中近世の隠遁や世間に対する白い眼や一寸見には反抗精神風な批判精神風な要素は直毘霊のまにまに考へてみようではないか。天才は直毘神のつかはしめであつた。しかもあの寂しさうな目つきは何故。文学といふ言葉といふ「霊魂」自身がしじゆう激しくすゝり泣いてゐたからだ。伊東静雄氏を俊成定家にまで溯（さかのぼ）つて仰ぐことは却々（なかなか）に明日にとつてこそ切実な課題と思はれる。――昭和十五年の正月だつた、河出書房から「現代詩集」が出たのは。私はわづか四年前のそのことを懐かしく思ひ出すのである。現代詩人の詩をよんだそれが殆（ほとん）ど最初だつた。己の頭は白紙だつた。その白紙に伊東静雄氏の夜の葦（あし）のなつかしい星影ばかりがさやいでゐた。同じ年の五月の「文芸」に、某氏が現代日本詩人論を書いてその中に、「今月の『改造』には伊東静雄、田中克己、村上菊一郎の詩が載つてゐるが、もしこゝに現代詩があるといふ人があるならば私は二葉亭四迷の流儀にならつて『首を締めて手を開く』ことになる」とあるのを（因（ちな）みにこの号の文芸には宮内寒弥の「都」がのつてゐて傑作であつた。しかしそれさへ世評は冷淡だつた）ひとりで憤慨してゐたがかういふ他愛のない昔話をし出すのも、その憤慨が今までつゞいてゐるのと伊東静雄氏の無言の勝利が大海戦の勝利のやうに嬉しいのとこの二つからなのだ。――「春のいそぎ」を頂戴してから私はこれを誦するたびに大御代（おほみよ）のかたじけなさのえ堪へぬ思ひを味ふのである。朝立ちの峠に立つて木（こ）の間（ま）がくれに来し方をながめやれば朝霧のはれわたる面白さはまづ裾野（すその）のけしきから心を誘ふやうに、「わがひとに与ふる哀歌」時代の宝石細工をおもはせる凝固しつくした難解の美しさが再びわが胸を射るのであつた。詩人の快癒——詩人の病患。詩人は人を不幸に幸福にこそすれ自ら不幸であつたり幸福であつたりすることはない。むしろ「病気」といふ表現が唯一のものであらう。頃日萩原朔太郎氏の「くさつた蛤」をよんでそれを考へた。病患を昔人は狂とよんだのであつた。そして実に「狂」せざるを得ぬ詩人こそ定家以後の詩人の宿命だつた。「春のいそぎ」に於ける伊東静雄氏の快癒はめざましいかな。理や、その快癒のみをめざして花を咲いた定家以来七百年の「狂」の時代の快癒である。「われ秋の太陽に謝す」とは実に数百年いつでも詩人の言ひ得る言葉だつた。ある詩人は頑固に言はなかつた。ある非詩人は言ひ過ぎた。それを伊東氏は嘗て「太陽が幸福にする未知の野の彼方」と歌つてゐたのだつた。そして今卒然として「つはものが頬にのぼりしゑまひ」をまざまざと見てゐる。しかも健全単純な愛国節詩人の決してもちえぬ澄みきつた「自若として雞鳴をきく心」の目で。時世に敏なりといふことが詩人の特性のやうに言はれるのは滑稽で抱腹絶倒なことである。国の最高のなげかひを共にせぬ詩人が最高の慶びにどうして侍ることができよう。直毘をいふのはそこなのだ。だから日本こそは古典主義即浪曼主義であるところの唯一の国である。「海戦想望」の神遊びや「久住の歌」「那智」の熱い浪曼に、伊東氏が内心の死ねといふ声のなかで必死に支へてゐたものの何であつたかを知つて私は愕然とした。そして萩原氏がはじめて伊東氏を凝視めたとき既にそれを見抜いてゐたであらう出会の場面を畏懼しつゝ考へた。「春のいそぎ」の詩はすべて古心のうちに自由に游弋する古語をもつて綴られてゐる。「第一日」の新らしさうな古調のゆかしさよ。伊東氏はもはや、あの王朝のかずかずの雅話にみられる瞬時にして交はされる虹のやうな贈答歌を一巻の詩集の上に思ふ隈なくゐがきつくしてゐるのである。「あさもよし紀の海が荒波にかくもみがきてみづぬるむ春の渚におきたりし古座の玉石……」

中世に於ける一殺人常習者の遺せる哲学的日記の抜萃

□月□日

室町幕府二十五代の将軍足利義鳥（あしかがよしとり）を殺害。百合や牡丹（ぼたん）をゑがいた裲襠（うちかけ）を着た女たちを大ぜいならべた上に将軍は豪然と横になつて朱塗の煙管（きせる）で阿片（アヘン）をふかしてゐる。彼は睡さうに南蛮渡来の五色の玻璃（はり）でできた大鈴を鳴らす。彼は殺人者を予感しない。将軍は殺人者を却（かへ）つて将軍ではないかと疑ふ。殺された彼の血が辰砂（しんしゃ）のやうに乾いて華麗な繧繝縁（うんげんべり）をだんだらにする。

殺人者は知るのである。殺されることによつてしか殺人者は完成されぬ、と。そしてこの将軍は決して殺人者の余裔（よえい）ではない。

□月□日

殺人といふことが私の成長なのである。殺すことが私の発見なのである。忘られてゐた生に近づく手だて。私は夢みる、大きな混沌のなかで殺人はどんなに美しいか。殺人者は造物主の裏。その偉大は共通、その歓喜と憂鬱は共通である。

北の方瓏子（れいこ）を殺害。はつと身を退（ひ）く時の美しさが私を惹（ひ）きつけた。蓋（けだ）し、死より大いなる羞恥はないから。

彼女はむしろ殺されることを喜んでゐるもの丶やうだ。その目にはおひおひ、つきつめた安らぎの涙が光りはじめる。私の兇器のさきの方で一つの重いもの——一つの重い金と銀と錦の雪崩（なだ）れるのが感じられる。そしてその失はれゆく魂を、ふしぎにも殺人者の刃（やいば）はけんめいに支へてゐるやうである。この上もない無情な美しさがからうじた支へ方にはある。……今や、陶器をさながらの白い小さな顎（あご）が、闇の底から夕顔の花のやうに浮き出てゐる。

□月□日　〔意志について〕

殺人者にとつて落日はいとも痛い。殺人者の魂にこそ赫奕（かくやく）たる落日はふさはしいのだ。落日がもつ憂鬱は極度に収斂された情熱から発するところの瘴気である。美そのものをさへそれは殺害め得るのである。

乞食百二十六人を殺害。この下賤な芥どもはぱくぱくとうまさうに死を喰つて了ふ。殺人者の意志はこの上もなく健康である。

汚醜のこぞり集つた場所での壊相は、そして、新らしい美への意志——といはんよりそれがそのまゝ徹底した美の証しとみえる。もはや健康といふ修辞がなんであらうか。

臭気の風が殺人の街筋をとほりすぎる。人々はそれに気づかない。死への意志がこの美しい帆影ある街に欠けてゐる。

□月□日

能若衆花若を殺害。その唇はつやゝかに色めきながら揺れやまぬ緋桜の花のやうに痙攣する。能衣裳がその火焔太鼓や桔梗の紋様をもつて冷たく残酷に且重たく、山吹の芯に似た蒼白の、みまかりゆく柔軟な肉体を抱きしめてゐる。私の刀がその体から引き抜かれる。玉虫色の虹をゐがきつゝ花やかに迸る彼の血の為に。……享けることに忠実であつた少年が、今や殺人者につかのまの黙契を信ずる。失はれゆくものを失はしめつゝ殺人者も亦享けねばならない。殺人者はその危い場所へ身を挺する。かくて彼こそは投身者——不断に流れゆくもの。彼こそはそれへの意志に炎えるものだ。恒に彼は殺しつゝ生き又不断に死にゆくのである。

□月□日　〔殺人者の散歩〕

春のうつくしい一ト日を殺人者はのびやかに散歩する。彼の敬礼は閑雅である。春の森は彼を迎へて輪廻そのものゝやうにざわめいてゐる。小鳥がうたふ、わたしも歌はう、小鳥ようたへ、わたしも歌はう。無遍に誘はれると、そこではうたがうたはれた。

しかし今、快癒の季節。待つことから癒え、背くことから癒え、すべての約束からの快癒のそれほど、彼——殺人者の胸を痛ましむる季節はない。彼にはどんな病患よりも快癒は無益とおもはれた。そこへ身を投げることが彼はできない。その場所では彼は投身者になれないのだ。

殺人者はさげすんだ、快癒への情熱を。花が再び花としてあるための、彼は殺人者ではないのだつた。たゞ花が久遠に花であるための、彼は殺人者になつたのだつた。かうした考へは彼の闊達な足どりを、朝露にぬれた蝶々の飛行のやうに、少しばかりたゆたはせた。春の雲がうかんでゐた。森がゆたかな風のなかに白い葉裏をひるがへしてゐた。

それ故彼には痛いのだつた。森や泉や蝶鳥や、満目のうれはしい花鳥図。径と太陽。それらに色どられるすべての時象が。……

彼に痛みを促すものは、それは悔いではないだらう。生を追ひつめゆく彼の目に涙を点ずるものは悔いではない。それはおそらく彼自身の健康であらうもしれない。季節の流域をさまよふために彼は新らしい衣裳をもたない。兇器は万能ではないのだつた、その健康をも戮し得ぬ彼自身の兇器は。

かつて侮蔑の表情が彼に於てほど高貴にみえたか。また痛苦への尊崇が彼に於てほど怯惰にみえたか。彼の魂はあてどなくすゝり泣き、世界にあつてこよなくたをやかなものゝために、さては自らかゝるものたらんがため、彼はふたゝび己が兇器に手をかける。

□月□日

彼――殺人者をよろこび迎へてうたへる諸(しょ)にんのうた。

＊

あな冥府の風吹きそめたり

物暗きみ空の果
月は西風に
爛漫(らんまん)と沈みゆきぬ
(罪の光はわが身に充ち
姿透くがにかゞよひたり)

諸人(もろびと)にとりて他者
神々にとりて他者
さて花のごとく全てなる――

轟々と沈みゆきぬ

迎へなん　熟るるものよ
その力をもちて転瞬に哭き
その嘆きをもちて久遠に殺せ！

*

□月□日

遊女紫野を殺害。彼女を殺すには先づその夥しい衣裳を殺さねばならぬ。彼女自身にまで、その衣裳の核——その衣裳の深く畳みこまれた内奥にまで、到達することは私にはできない。その奥で、彼女は到達されるまへにはや死んでゐる。一刻一刻、彼女は永遠に死ぬ。百千の、億兆の死を彼女は死ぬ。……

もはや彼女にとつて死ぬといふことは舞の一種にすぎなかつたのだ。舞が嘗て彼女のなかに宿つてから、世界は再び舞であつた。月雪花、炎えるもの、花咲くもの、佇むもの、流れつゝ、柵にいさよふもの、それらすべては舞であつた。遊女紫野が眠つてゐるとき、舞はその額のあたりに薫はしく息づいてゐた。

朱肉のやうな死の匂ひのなかで彼女は無礙（むげ）であつたのだ。彼女が無礙であればあるほど、私の刃はます〳〵深く彼女の死へわけ入つた。そのとき刃は新らしい意味をもつた。内部へ入らずに、内部へ出たのだ。

紫野の無礙が私を傷つける。否、無礙が私へ陥没（お）ちてくる——。

陥没から私の投身が始まるのだ、すべての朝が薔薇の花弁の縁（ふち）から始まるやうに。

殺人者はかくてさまざまなことを知るであらう。（げに殺すとは知ると似てゐる）

陥没への祈りがあること、投身者こそ世界のうちで無二のたをやかなものであらねばならぬこと。それらのことを薔薇が曙を知るやうに極めて聡（さと）く私たちは知るであらう。

□月□日

けふ殺人者は湊（みなと）へ行つた。明へ向ふ海賊船が船出の用意をしてゐた。磯馴松（そなれまつ）に朝日が射した。

彼は友人の一人である海賊頭と出逢つた。海賊頭は彼を伴つて碇泊してゐる船の一ト間へ案内した。珊瑚（さんご）をたわゝな果実のやうにつけた碇（いかり）が瑠璃色（るりいろ）の水の中へ下りてゐた。みしらぬ午前が、そこを領してゐたのである。

「君は未知へ行くのだね！」と羨望の思ひをこめて殺人者は問ふのだつた。

「未知へ？　君たちはさういふのか？　俺たちの言葉ではそれはかういふ意味なのだ。――失はれた王国へ。……」

海賊は飛ぶのだ。海賊は翼をもつてゐる。俺たちには限界がない。俺たちには過程がないのだ。俺たちが不可能をもたぬといふことは可能をもたぬといふことである。

君たちは発見したといふ。

俺たちはただ見るといふ。

海をこえて海賊はいつでもそこへ帰るのである。俺たちは花咲きそめた島々をめぐるとき、その島が黄金の焰をかくしてゐるのをかぎつける。俺たちは無他だ。俺たちが海をこえて盗賊すると、財宝はいつも既に俺たちの自身のものであつた。生れながらに普遍が俺たちに属してゐる。新たに獲られた美しい百人の女奴隷も、俺たちを見るや否やいつも俺たちのものであつたと感ずるのである。創造も発見も、「恒に在つた」にすぎないのだ。恒にあつた。――さうして無遍在にそれはあるであらう。

未知とは失はれたといふことだ。俺たちは無他だから。

殺人者よ。花のやうに全けきものに窒息するな。海こそは、そして海だけが、海賊たちを無他にする。君の前にあるつまらぬ閾（しきみ）、その船べりを超えてしまへ。強いことはよいものだ。弱者は帰りえない。強いものは失ひうる。弱者は失はすだけである。向うの世界が彼等の目には看過される。

海であれ、殺人者よ。尾上（をのへ）の松に汐風が吹きよせると、海賊たちの胸の中で扇のやうにはためくものがあつた。俺たちも亦（また）、八幡の神に幣（ぬさ）を手向けて祈るのである。俺たちの祈りは、既存への、既定への祈りである。何ゆゑの祈りといふのか。無他なるもの丶祈りはいつもかうなのだ。

海であれ、殺人者よ。海は限界なき有限だ。玲瓏（れいろう）たる青海波に宇宙が影を落すとき、その影は既にあつたのだ。

赭土（あかつち）の丘のうしろからものめづらしげに現れた教誨師たちは俺を見ると畏怖してひざまづいた。紺碧の海峡の潮（うしほ）の底を青白い鱶（ふか）の群が真珠母をゆらめかせて通つた。八幡の旗かげにはいくたびか死が宿つたが、南の島々から吹く豊醇な季節風がすぐさまそれをはらふのであつた。

「何を考へてゐるのか、殺人者よ。君は海賊にならなくてはならぬ。否、君は海賊であつたのだ。今こそ君はそこへ帰る。それとも帰れぬと君はいふのか」

　殺人者は黙つてゐた。とめどもなく涙がはふり落ちた。

　他者との距離。それから彼は遁(のが)れえない。距離がまづそこにある。そこから彼は始まるから。

　距離とは世にも玄妙なものである。梅の香はあやない闇のなかにひろがる。薫こそは距離なのである。しづかな昼を熟れてゆく果実は距離である。なぜなら熟れるとは距離だから。

　年少であることは何といふ厳しい恩寵(おんちょう)であらう。まして熟し得る機能を信ずるくらゐ、宇宙的な、生命の苦しみがあらうか。

　風のためにむかうの繁みが光る。風が身近に来たときは繁みは曇つてゐる。風はそのやうにしてわれらの心のうへを次々と超えるであらう。世界が輝きだすのはさういふ刹那(せつな)である。

　花が咲くとは何。秋のすがれゆく日ざしのなかで日ましにうつろひつゝある一輪の菊が、なぜ全けく、なぜ輪郭をもつのか。なぜそれは動かしがたいか。なぜそれは崩壊の可能性にみちてゐるか。そして、なぜそれは久遠でありうるか。

海賊に向つて、限界なきところに久遠はないのだ。と言つてみたとて何にならう。ために殺人者の涙は拭はれはせぬ。そんなことでは拭はれない。

一つの薔薇が花咲くことは輪廻の大きな慰めである。これのみによつて殺人者は耐へる。彼は未知へと飛ばぬ。彼の胸のところで、いつも何かが、その跳躍をさまたげる。その跳躍を支へてゐる。やさしくまた無情に。恰（あた）かも花のさかりにも澄み切つた青さをすてないあの蕚（うてな）のやうに。それは支へてゐる。花々が胡蝶のやうに飛び立たぬために。

海賊よ、君は雲雀山（ひばりやま）の物語をきいたか。花を售（う）らんがための佯狂（やうきやう）に、春たけなはの雲雀山をさまようた中将姫の乳人（めのと）の物語は、たとしへもなく美しい。花を售らう、海賊よ。そのために物憂げな狂者の姿を佯（いつは）らう。

□月□日

肺癆人（はいらうにん）を殺害。その蟹（かに）の骨に似た肋骨（ろくこつ）を、その青みどろのやうな脳髄を、その胡桃（くるみ）の殻の内側のやうな頑（かたく）なな耳を、私はかねがね憎んでゐた。しかし今、それらは私を頬笑ませる。何といふユウモアである。何といふ洒落（しやらく）な表現である。肺癆人の「あなたまかせ」は。彼らの暗黒時代風な処世術は。

　そこでは原始人が一番文明人にちかい。昼は夜とそつくりである。

（「夜の貴族」の末裔は死に対するエレガンスを心得てゐる。彼らには殺されるのすらおほきな敬意のしるしと思はれた。）

　かうした生き方——松島の沙づたひにしづかに退いてゆく潮のやうな生き方は、かつてもつと花やかに荘厳されてゐたのであつた。螺鈿が今や剝れおちる。このとき夜のうら側に昼とはちがつたあるみしらぬ時刻が閃めくのを、誰ひとりみたものはなかつたのか。

　無為の美しさを学び知るには覇者の闊達が要るのである。死せる室町の将軍たちは蒔絵のやうな夜と戦ひながら蒔絵のやうな無為のなかで睡つた。流れるものが小止みなく緊張する。それこそは無為である。熟るゝ歩みを知るのは無為あるばかりだ。天然のつねにはかくされた濃淡を、覚り得るのは。……

　そこでは投身の意志さへも候鳥のやうに闊達だから、意志は憧れとしかみえないと、言つた人はなかつたのか。

　春の小鳥が桜さく高欄にきて啼くときに、雲の去来のいつもより激しくなるときに。

……夏が訪れ雲はしづかに炎え、やがて秋、豊けさを文へる季節に。……

鎧を着て傷つかぬものは鎧だけだと、誰ひとり呟いたものはなかつたのか。殺人者はうたふであらう。君たちは怯惰である。君たちは怯惰である。君たちは怯惰である。君たちを勇者といふ。

□月□日

殺人者は理解されぬとき死ぬものだと伝へられる。理解されない密林の奥処でも、小鳥はうたひ花々は咲くではないか。使命、すでにそれがひとつの弱点である。意識、それがすでにひとつの弱点なのだ。こよなくたをやかなものとなるために、殺人者は自らこよなくさげすんでゐるこれらの弱点に、奇妙な祈りをさゝげるべき朝をもつであらう。

解説　詩学の神風

富岡幸一郎

昨年は三島由紀夫が昭和四十五年十一月二十五日に市ヶ谷の自衛隊駐屯地で自決してから、四十五年目に当る年であった。作家の生涯が四十五年であったことを思えば、この歳月は決して短くはない。明治以降の日本の文学者で、また戦後の作家でも、生前は多くの読者を得ながらも死後忘却された作家は数多い。そのなかで三島由紀夫は一貫して忘れ去られることなく、没後に生まれた世代の読者の共感を得て、その作品は読み継がれている。いやむしろその死後に、三島の文学と思想は様々な角度から繰り返し論じられてきた。近年では『命売ります』といった雑誌『プレイボーイ』に連載されたエンターテインメントが突如ベストセラーになるという事件もあった。生前からすでにそうであったが、海外においてもミシマユキオは（その演劇作品もふくめて）話題となり続けている。

伝えられるところによれば、三島は自決の日の朝に机上に、「限りある生命なら、永遠に生きたい」と書き遺したというが、彼の希ったとおり、三島由紀夫は今日も「生きている」といってよい。

何故、どうしてなのか。もちろん小説・戯曲・評論などの、その多岐にわたる豊饒な文業の成果の故であるとはいえよう。読者を魅了する華麗な文体や緻密な作品構成、文学の古典主義とロマンティシズムの絶妙な調和、アポロン的な建築学的なものとディオニュソス的な熱情と官能性との鮮烈な対比、匂い立つようなエロースと血の祝祭に満ちたタナトスの融合。作家自身が演じた武士的なストイシズムと柔らかな手弱女ぶりとしての女性の心理描写（『美徳のよろめき』のようなエンタメ作品によく表われている）の面白さ等々……。その文学（言葉）の魅力について色々と挙げてみることができる。

しかし、それでもなお謎は残る。三島由紀夫が、今日も、（グローバリズムと情報化社会という文明の没落のなかでなお）「生きている」のは何故か。いや、文学そのものが消滅しかかっている現在の地平において、その文学者としての存在感が不気味といってもいい底光りを放って止まないのは、何故なのか。

その秘密のひとつの解答を、三島の日本古典についての文章を収めた本書を読むなかで、私は垣間見る思いがする。周知のように三島由紀夫は幼い頃から歌舞伎や能に親しみ（本書巻頭の「日本の古典と私」参照）、学習院に入学以降は恩師清水文雄（最近、清水文雄『戦中日記』が刊行された）の影響もあり、王朝文学の世界を我がものとして、雑誌『文藝文化』に弱冠十六歳で「花ざかりの森」を発表し天才の片鱗を現わす。後年三島はこの自作に否定的なことをいっているが、ライフワーク『豊饒の海』とこの小品とが作家の人生の深部で共鳴しているのは明らかである。いずれにしても、本書の柱である最晩年の（自裁によって未完に終った）「日本文学小史」をはじめとした一連の古典論を熟読すれば、三島がいかに深くこの国の千年をこえる日本語文学の世界から、自己の文学形成をなしたかが遠望できるだろう。

「能——その心に学ぶ」のような短文にも、作家の幻と美への探究心が漲り、「雨月物語について」で上田秋成を「日本のヴィリエ・ド・リラダン」に模した文章などは、西洋文学に通暁した国際作家としての三島の面目躍如たるものがある。また「変質した優雅」と題した「大原御幸」論は、現代という死が隠蔽されることで「優雅は影も形もない」ものとなった時代における「文化」の終末論であり、『天人五衰』のラストシーン、月修寺での虚無の時空と相通じており興味深い。

　しかし私が最も衝撃を受けたのは「古今集と新古今集」の一編であり、昭和四十二年一月一日に記されたこの論稿こそ、他ならぬ三島由紀夫という「不死の作家」が、全存在を賭して行き着こうとした、そしてそこへと到達するための秘儀を開示した決定的な一文であると思われる。

　「私的序説」と敢えて付された冒頭で、三島は「古今集」の紀貫之の「仮名序」の言葉――「力をも入れずして天地を動かし、目に見えぬ鬼神をもあはれと思はせ、男女の仲をもやはらげ、猛き武士の心をも慰むるは歌なり」の一行、「力をも入れずして天地を動かし」を引く。そして戦争という「行動の時代」のなかにあった文学少年の自分にとって、この言葉こそは「福音だった」という。ちなみに大正十四年生まれの三島の満年齢は昭和の年号と重なり、大東亜戦争の敗戦を二十歳で迎えたことは、同世代の若者が多く散華しながら、自分は戦場に行くことなく生き残ったという悔恨を負うことになった。「行動」すなわち「死」の世界に対して、「古今集」序の一句は、少年三島のなかで「明白な対抗原理として捕えられていた」のであり、その次元においては、《……特攻隊の攻撃によって神風が吹くであろうという翹望と、「力をも入れずして天地を動かし」という宣言とは、正に反対のものを意味していたはずだからである》。（本書にも収められている昭和十七年に『文藝文化』に発表された「古今の季節」は、特攻隊的な行動原理のまさに対抗を生きようとした三島の姿を彷彿させる。この文章が戦時下において書かれたのだ！）

「花ざかりの森」を書き、そして敗戦を経て小説家としての道を歩み始めた三島は、「行動の世界」から己れを遮断して、「言葉」によって生きようとした。遺著『太陽と鉄』で、《世のつねの人にとっては、肉体が先に訪れ、それから言葉が訪れるのであろうに、私にとっては、まず言葉が訪れて、ずっとあとから……観念的な姿をしていたところの肉体が訪れた》といっているようにである。しかしその後の三島の歩みは、「肉体」すなわち「行動の原理」を意思的に探究し、言葉と行動とをその対極からぎりぎりの一致の地点へと連れ戻すという、まさにアクロバティックな作業に集中した。「観念的な姿」であろうが、ひとたび「肉体」を獲得すれば、「言葉」の領分で永久にまどろんでいることはできない。「古今集と新古今集」の「私的序説」では、「二十年の歳月」が、《行動の理念と詩の理念を縫合させていた》と述べているが、その「縫合」を三島になさせたものこそ「特攻隊」であり、「何故神風は吹かなかったのか」

という決定的な問いである。

この問いの鋭利さは、短編「海と夕焼」（昭和三十年）以来徐々に三島のなかで（「肉体」の形成と軌を一にして）意識化され、『金閣寺』（昭和三十一年）を経て、『英霊の声』（昭和四十一年）で、あの「などてすめろぎは人間となりたまひし」という日本における「神の死」のテーマとなって顕現する。「私的序説」が、『英霊の声』を発表し、『奔馬』の取材のため奈良の大神神社、熊本の神風連事蹟への旅をし、自刃への疾走を開始する明くる年の元日に記されていることに注目しないわけにはいかない。この一文は、三島が自裁の決意を固めた（あるいは固めるための）原理的宣言であり、彼が到達しようとした極点を明確に指し示している。「行動の理念と詩の理念の縫合」という、古今東西のいかなる文学者も夢想だにしなかった極点が、そこに浮かび上ってくるのだ。その個所を引用しよう。

《いうまでもなく、それは、ついに神風が吹かなかったからである。人間の至純の魂が、およそ人間として考えられるかぎりの至上の行動の精華を示したのにもかかわらず、神風は吹かなかったからである。

それなら、行動と言葉とは、ついに同じことだったのではないか。力をつくして天地が動かせなかったのなら、天地を動かすという比喩的表現の究極的形式としては、「力をも入れずして天地を動かし」という詩の宣言のほうが、むしろその源泉をなしているのではないか。

このときから私の心の中で、特攻隊は一篇の詩と化した。それはもっとも清冽（せいれつ）な詩ではあるが、行動ではなくて言葉になったのだ》

このとき「古今集」が、かつて少年の三島が親しんだ日本古典の言葉が、その真の姿となってよみがえってくる。「みやび」の世界。それはすなわち一切の有効性が切り落された、純然たる秩序の言葉の世界であり、それ故に「天地を動かす」限りない力を持つのである。

《「鬼神をもあはれと思はせ」る詩的感動は、古今集においては、言語による秩序形成のヴァイタルな力として働くであろうが、それは同時に、詩的秩序をあらゆる有効性から切り離す作用である。古今集の古典主義と、公理を定立しようとする主知的性格はすべてそこにかかっている》

三島が、戦後四半世紀を経て到達（あるいは回帰）したのは、現実や社会や政治に対する有効性を否定し、一切の合理性を無化する詩的領域である。有効性や社会性や合理性を、もし「近代」と呼ぶのであれば、三島由紀夫が文学者として立とうとしたのは、あらゆる近代的なるものを超克する「古典」の領土であった。それは戦闘機を刀として突撃する（軍隊という近代性のなかでは無効としかいいようのない！）「特攻隊」の《行動の精華》に、重なる。自衛隊への体験入隊、楯の会の活動、そして市ヶ谷での憲法改正を訴えての自刃など、晩年の三島は過激に政治行動に傾いていったという見方とは裏腹に、彼はボディビルや剣道で鍛え上げた肉体を、政治とは正反対の《究極の無力の力》の生贄として捧げた。

もちろん、三島ほど近代的な理智と合理性を体現した作家はいなかった。彼の演劇（『サド侯爵夫人』や『癩王のテラス』のシンメトリカルな構造を見よ）に、それは端的に表われているし、「新古今集」の艶やかなデカダンスの「近代」こそ、この作家の本領であったともいえる。三島自身は『豊饒の海』の後に、藤原定家を主人公にした作品を書くと語っていた。しかし、「古今集と新古今集」を書いたとき、作家はすでにその最終地点を定めていたであろう。「私的序説」の最後は、文字通り「死」の告白なのである。

《今、私は、自分の帰ってゆくところは古今集しかないような気がしている。その

「みやび」の裡に、文学固有のもっとも無力なものを要素とした力があり、私が言葉を信じるとは、ふたたび古今集を信じることであり、「力をも入れずして天地を動かし」、以て詩的な神風の到来を信じることなのであろう》

「日本文学小史」の第五章「古今和歌集」のなかで、古今集を日本語が到達した文化の「白昼」と定義した三島は、明治以降の近代日本文学史を「朝も真昼も夕方もない、或る無時間の世界」と断じた。彼自身もそこに入る近代文学史を「無時間の抽象世界」といい切った作家が、これまであっただろうか。「日本文学小史」は構想によれば（「第一章　方法論」参照）江戸期に及ぶ十二の作品が書かれるはずであったが、「源氏物語」で閉じられた。完成していればこれまでにない日本文学史としての姿を明らかにしたと思われるが、三島にとっては、もはやそれは必要のないものになっていたのであろう。「新古今和歌集」を論じるまでもなく、作家自身は《詩的な神風の到来を信ずる》ことに疾駆し、生命を賭したからである。

「詩的な神風」は、では果たして吹いたのか。答えはすでに明らかだろう。それは三島由紀夫という作家が、今日も「生きている」からである。三島の没後、『サド侯爵夫人』をフランス語で上演するために翻案した作家ピエール・ド・マンディアルグは、インタヴューに答えて次のようにいった。
《三島は、自分の〔絶対への〕観念を真の極限にまで、血と死にまで追いつめる実例をわれわれに残した唯一の存在であった》（「『サド侯爵夫人』パリ上演をめぐって」聞き手三浦信孝『海』一九七七年五月号）
　世界文学においてこの「唯一の存在」たる日本語作家を誕生させたもの、その秘密が本書「古典文学読本」のなかにあると思われる。

（とみおか・こういちろう　文芸評論家）

か行

さ行

た・な行

は行

ま行

や・ら・わ行

■作品名・事項

あ行

索　引

■人名

あ行

か行

さ・た・な行

初出一覧

日本の古典と私　『山形新聞』昭和四十三年一月一日他
わが古典　『群像』昭和三十一年三月
相聞歌の源流　『日本短歌』昭和二十三年一・二月
古今集と新古今集　『国文学攷』昭和四十二年三月
存在しないものの美学　『国文学　解釈と鑑賞』昭和三十六年四月
清少納言「枕草子」　「ラジオ東京放送脚本」昭和二十七年六月十六日
雨月物語について　『文芸往来』昭和二十四年九月
能―その心に学ぶ　『マイホーム』昭和三十八年九月
変質した優雅　『風景』昭和三十八年七月
「道成寺」私見　「桜間道雄の会プログラム」昭和四十三年十一月
勇気あることば　『毎日新聞』昭和四十一年十月二十三日
美しい殺人者のための聖書　『読売新聞』昭和四十四年十二月十一日
日本文学小史　『群像』昭和四十四年八月、昭和四十五年六月、第六章のみ『三島由紀夫全集』第36巻（昭和五十一年）

「文芸文化」のころ　『昭和批評大系2昭和10年代』月報　昭和四十三年一月
「花ざかりの森」出版のころ　『群像』昭和三十三年六月
「花ざかりの森」のころ　『うえの』昭和四十三年一月
古今の季節　『文芸文化』昭和十七年七月
伊勢物語のこと　『文芸文化』昭和十七年十一月
うたはあまねし　『文芸文化』昭和十七年十二月
寿　『文芸文化』昭和十八年一月
懸詞　『文芸文化』昭和十八年十一月
柳桜雑見録　『文芸文化』昭和十八年十二月
古座の玉石　『文芸文化』昭和十九年一月
中世に於ける一殺人常習者の遺せる哲学的日記の抜萃　『文芸文化』昭和十九年八月

編集付記

一、本書は著者の古典文学に関するエッセイを独自に編集し、雑誌『文芸文化』掲載の全評論、短篇小説「中世に於ける一殺人常習者の遺せる哲学的日記の抜萃」を併せて収録したものである。中公文庫オリジナル。

一、本書の収録作品は、『決定版 三島由紀夫全集』（新潮社）を底本とした。『文芸文化』掲載の作品を除いて、旧仮名遣いを新仮名遣いに改めた。

一、本書には、今日の人権意識に照らして不適切な語句や表現が見受けられるが、著者が故人であること、執筆当時の時代背景と作品の文化的価値等に鑑みて、原文のままとした。

＊本書六一頁の写真について情報をお持ちの方は編集部までご連絡ください。

中公文庫

古典文学読本

2016年11月25日　初版発行
2024年３月30日　３刷発行

著　者　三島由紀夫

発行者　安部順一

発行所　中央公論新社
〒100-8152　東京都千代田区大手町1-7-1
電話　販売 03-5299-1730　編集 03-5299-1890
URL https://www.chuko.co.jp/

ＤＴＰ　ハンズ・ミケ
印　刷　三晃印刷
製　本　小泉製本

Published by CHUOKORON-SHINSHA, INC.
Printed in Japan　ISBN978-4-12-206323-5 C1195